COLECCIÓN

CUATRO AMIGOS Y MEDIO

El caso del bañador del profesor de Mates

edebé

Joachim Friedrich

El caso del bañador del profesor de Mates

edebé

Título original: *4 1/2 Freunde und die Badehose des Mathelehrers*

Paseo de San Juan Bosco, 62
08017 Barcelona
www.edebe.com
www.cuatroamigosymedio.com

Directora de la colección: Reina Duarte
Ilustraciones: Mikel Valverde
Traducción: Soraya Hernán-Gómez

1ª edición: junio 2008

ISBN 978-84-236-8915-6
Depósito Legal: B. 26189-2008
Impreso en España
Printed in Spain
A&M Grafic, S.L.

Índice

Titular 1: ¡Poeta traicionero molesta a profesora!

Muy seguro de mí mismo hice mi entrada al plató de televisión. ¡Aplausos apoteósicos! Aún no había pronunciado ni una sola palabra, pero el público, mis fans, ya sabían lo que les esperaba: un coloquio, no, ¡el coloquio! Mis invitados formaban parte de las altas esferas de la sociedad: la política, la economía, el mundo del espectáculo. No me había dejado a nadie. Sabía que temían ese momento, pero que al mismo tiempo ansiaban recibir mi invitación. Nada escapaba a mi avispada y lúcida mente, y mis implacables, pero siempre justas y temáticas preguntas eran temidas. Aun así no había nadie que rechazara una invitación de asistencia a mi espectáculo, porque mis invitados sabían que mi cuota de audiencia se había disparado. ¡Mi espectáculo era un espectáculo de culto!

Con paso firme me acerqué a los invitados que ya esperaban con manos sudorosas. Les mantendría un poquito más sobre ascuas. Me regocijaría nuevamente en el aplauso, luego el cordial saludo con palmada incluida. ¡Todavía sonreían, y sin embargo, muy pronto estarían suplicando piedad!

—¡...suplicando piedad! ¡Y no es ninguna broma! —gritó la señora Brisa tan alto que se oyó por toda la clase y me sobresalté asustado en mi silla—. ¡Charly! ¿Por qué me miras con esa cara? ¿Has sido tú el que ha escrito esta memez?

He de reconocer que por unos instantes me encontré fuera de juego.

—¿Escrito? —pregunté desorientado—. Yo nunca anoto mis preguntas. De esa forma me puedo concentrar mejor en mis invitados…

—¿Pero qué estás diciendo? —me increpó nuestra profesora sustituta—. No estoy hablando de invitados, sino de este poema, que alguien, de algún modo, ha conseguido introducir en mi taquilla.

—¿Poema? …Eh… De eso no sé nada —y no era mentira.

—Conque tú tampoco —bufó la señora Brisa—. Sólo voy a repetirlo una vez más: si el autor lo confiesa ahora, no tendrá por qué temer nada. ¡Pero si lo descubro más adelante, garantizo que tendrá que suplicarme piedad!

—¿Y cómo sabe usted que ha sido un alumno? —dijo una voz cautelosa.

—¿Quién iba a haber escrito algo así? ¡Escuchad con atención! —y desplegó el papel que había estado agitando todo el rato en el aire:

Tumbado sobre mi camisa
siento una veraniega brisa.

Tumbado boca arriba suspiro por que seas mi amiga.
Me deleito y sonrío cuando pienso en Nicola Brisa.

—Debe de estar refiriéndose a usted —dije aplicando mi sentido lógico.

—¡Eso ya lo sé yo! —chilló la señora Brisa—. Bueno, ¿lo has escrito tú?

En ese instante todas las miradas se dirigieron a mi persona, y yo me debí de poner rojo.

—¿Yo?... No sé. Eh..., naturalmente quiero decir: ¡no!

—Por tu bien, eso espero.

Tan sólo conocíamos a la señora Brisa desde hacía dos semanas. Pero había sido suficiente para saber que, como pillara al que había escrito ese poema, tendría que suplicar piedad. La señora Brisa había llegado a nuestro colegio para sustituir a nuestra profesora de Educación Física y Biología, la señora Sulte-Stratmann, que iba a tener un bebé.

—¡Bueno, soy toda oídos! —dijo la señora Brisa, agitando el poema en el aire.

En la clase se hizo un profundo silencio. Se podría haber oído a un gusano suplicar piedad, por decirlo de algún modo.

Hice un barrido con la mirada. A mi entrenado ojo de detective no se le escapaba ni un solo detalle. ¿Quién sería el autor? Ésa era la pregunta que me ocupaba en ese instante. Claro que también debo aclarar que soy el fundador de una agencia de detectives que se llama Charly & Company.

Por desgracia no descubrí a ningún sospechoso. Todos estaban callados y los chicos de nuestra clase tenían las orejas curiosamente coloradas.

—¡Eh, tío, eh! —me susurró Fede—. Charly, ¿por qué tienes las orejas tan rojas?

—¿Yo? —le susurré—. ¡Tú eres el que tiene las orejas rojas!

—Todos los chicos las tenéis —oí decir a Estefi a mis espaldas.

—¿No me digas que yo también? —preguntó Rabanito consternado.

Estefi sonrió abiertamente.

—Ya lo creo, hermanito. Tú más que ninguno.

Por suerte la señora Brisa no continuó torturándonos. Cuando por fin prosiguió con la clase de Biología, respiramos tranquilos, sobre todo los chicos.

—Un caso interesante —les comenté a mis colaboradores de camino al patio.

Porque Estefi, Rabanito y Fede también forman parte de mi agencia de detectives.

—¡Eh, tío, eh! ¿De qué caso hablas? —preguntó Fede—. ¿Me he perdido algo?

—Se refiere a la señora Brisa y su poema —contestó Estefi.

—¡Jo, es que el poema era malísimo! —se rió Rabanito—. ¡Veraniega brisa! ¡Menuda bobada!

Rabanito y Estefi Rademacher son mellizos. En realidad Rabanito se llama Óscar, pero como es un poco más bajito que su hermana Estefi le pusieron el apodo de Rabanito.

—Seguro que ha sido el poema más patético que ha recibido la señora Brisa, pero apuesto a que no el primero —opinó Estefi—. Al fin y al cabo es muy guapa… Casi tan guapa como la señora Sulte-Stratmann.

—¡Eh, tía, eh! ¡Sólo casi!

La señora Sulte-Stratmann es por excelencia la profesora preferida de Fede y durante los últimos días nos estaba dando la paliza sobre ella. Cuanto más se acercaba la fecha prevista para el nacimiento del bebé de la señora Sulte-Stratmann, más nervioso se ponía Fede. Daba la impresión de que Fede fuera a tener el bebé en vez de ella.

—Si ahora nos vamos a dedicar a perseguir al primer atolondrado enamoradizo que se nos cruza, creo que no podremos seguir llamándonos banda de detectives —dijo Rabanito.

—¡Agencia de detectives! —le corregí—. ¿Cuántas veces voy a tener que repetírtelo, Rabanito? Además, un poema de amor anónimo es mejor que nada. Al menos nos servirá como práctica.

—¿Pero tú no tenías ese trabajo de reportero en la revista escolar del que siempre nos estás hablando? —preguntó Estefi. (¿Había visto otra vez una de sus maliciosa sonrisas?)—. ¿Por qué no escribes un artículo sobre ello?

¡La revista escolar! ¡Ésa sí que era una buena idea! ¿Cómo no se me había ocurrido antes?

Dejé que mis colaboradores fueran sin mí al patio y yo me dirigí a ver a Winni, nuestro Redactor Jefe.

Hacía algunos días, había descubierto en el tablón de anuncios de nuestro colegio una pequeña nota. En ella ponía que la revista escolar necesitaba un reportero. El anterior se había dado de baja. Tal vez porque se había roto un brazo, o se había mudado a otra ciudad, o qué sé yo. La cuestión es que no me lo pensé dos veces y solicité el puesto. Al fin y al cabo, un ojo de detective tan bien entrenado como el mío también podía ser útil para el trabajo de reportero. Y así fue cómo me aceptaron de inmediato. Claro que supongo también contribuyó un poco el hecho de que yo fuera el único candidato para el puesto.

—¡Hola, Winni! —dije al llegar a la habitación del sótano que nuestro director del colegio había puesto generosamente a disposición de la revista escolar.

Winni se apartó de la cara sus largos rizos y me miró a través de sus gafas.

—¿Tienes que ir siempre con esa estúpida cámara colgada al cuello?

Winni estaba en un curso superior y llevaba ya mucho tiempo trabajando en la revista escolar. Por eso había llegado a Redactor Jefe. No sólo se pasaba todos los recreos metido en aquella habitación del sótano, sino que a menudo también las tardes e incluso algunos fines de semana.

—¡Siempre a punto! —le contesté sosteniendo en alto la cámara que me habían regalado por mi cumpleaños. En realidad había sido destinada a la labor de detective, pero un reportero sin cámara, al fin y al cabo, era como un profesor sin pizarra—. Nunca se sabe lo que se te va a poner ante el objetivo —le expliqué a Winni—. La cámara es igual de importante que mi cuaderno de notas, que también lo llevo siempre encima…

—Sí, sí —me interrumpió mi jefe—, ya me lo has contado al menos veinte veces.

Eso era una exageración. Tal vez lo había mencionado alguna vez.

—Por cierto, tengo un asunto sensacional —dije mientras pasaba las páginas de mi cuaderno de notas para encontrar las anotaciones correspondientes.

Los ojos de Winni se agrandaron un poco más de lo que ya de por sí parecían a través de sus gafas.

—Que tienes, ¿qué?

—Un asunto sensacional. Podría valer para nuestro magacín.

—Revista escolar —suspiró Winni—. ¡Somos una revista escolar! Eso ya te lo he repetido por lo menos veinte veces.

—Sí, sí. Ya lo sé. Aun así es una buena historia. La señora Brisa ha recibido un poema de amor.

—¿Qué? —preguntó Winni con una expresión algo nerviosa.

—¡Un anónimo! Alguien se lo introdujo en su taquilla.

—¿Y?

—¡Pues que a los demás alumnos les podría interesar! —exclamé, ya que mi jefe parecía estar un poco lento de reflejos—. Estoy viendo el titular: *¡Poeta traicionero molesta a profesora con un anónimo!*

Winni depositó la pila de papeles que llevaba

en la mano sobre la inestable mesa, en la que siempre celebrábamos nuestras conferencias de redacción, y se acercó unos pasos hacia mí.

—¡Olvídalo! Eso no es noticia. ¡Es una tontería!

—Bueno, tampoco está de más que los alumnos tengan algo de qué reírse, para variar —lo intenté de nuevo.

—No me lo puedo creer —suspiró Winni—. Simplemente olvídalo y ocúpate mejor del policía. ¿Tú no estabas tan interesado en cubrir ese artículo?

—¡El señor Stecker! —exclamé—. ¡Me había olvidado de él por completo!

—¡Jo, tío! —resopló Winni—. ¡Primero te pasas

los días volviéndome loco porque querías escribir ese artículo, y ahora va y se te olvida!

—Demasiadas cosas en la cabeza —murmuré, despidiéndome enseguida.

Había sonado el timbre para regresar a clase. ¡Otro recreo sacrificado por mi vocación de reportero!

El señor Stecker era el Inspector Jefe de la brigada criminal de la policía. Ya habíamos trabajado juntos en varios casos, aunque rara vez lograba convencerle de que, de algún modo, éramos colegas. A decir verdad, solía echarme de su oficina cada vez que yo aparecía por allí.

Y precisamente a ese señor Stecker ahora le habían nombrado responsable de asuntos juveniles de la policía. Incluso le habían promocionado a comisario. Al menos eso afirmaba fehacientemente el periódico local. Aquella mañana estaba previsto que el señor Stecker visitara nuestro colegio para presentarse oficialmente como responsable de asuntos juveniles. Naturalmente no había nadie más adecuado que yo para entrevistar al señor Stecker y escribir un artículo sobre él en la revista escolar.

Sólo había un pequeño problema: el señor Stecker tenía previsto llegar durante la cuarta hora de clase. Precisamente cuando nosotros teníamos clase de Lenguaje con nuestro tutor. Y éste, por desgracia, no veía con buenos ojos que alguno de sus alumnos se ausentase del aula durante sus clases.

—¿Qué? ¿Cómo va eso? —me preguntó Estefi cuando entré en clase—. ¿Pronto podremos leer en la revista algo sobre la veraniega brisa?

—Hay asuntos más importantes —contesté sin faltar a la verdad.

Me pasé la tercera hora de clase preparándome un plan para ausentarme sin gran dificultad de la hora de Lenguaje y poder así entrevistar al comisario Stecker. Cuando «Gran Siggi» entró en el aula, mi estrategia ya estaba clara. ¡A prueba de bombas!

En realidad nuestro tutor se llama Siegfried Schlüter, pero como casi no cabe por la puerta, le hemos apodado con ese otro nombre, a escondidas, claro.

Y él enseguida se fijó en mí. Mi plan parecía funcionar.

—¿Charly, a qué viene esa máquina de fotos? —me preguntó con su poderosa y tronante voz—. ¿Acaso quieres fotografiarme? ¡Pues para hacerlo por lo menos vas a necesitar dos fotos!

«Gran Siggi» parecía estar de buen humor. ¡Eso tenía que aprovecharlo despiadadamente!

—Sintiéndolo mucho, no he traído la cámara por usted, señor Schlüter —contesté con aire desenfadado—. Me encuentro en misión especial, por llamarlo de alguna manera.

—¿Que te encuentras en...?

—En misión especial. Usted ya me entiende —volví a decir, y le guiñé un ojo.

—¡Pues no, Charly, no te entiendo! ¿Te ocurre algo en los ojos?

A juzgar por la expresión de su cara, el humor de nuestro tutor parecía estar empeorando. Además, de repente, toda la clase me estaba mirando y eso no me hacía demasiada gracia. Me habría gustado mantener el artículo sobre el señor Stecker en secreto un poco más de tiempo.

—Preferiría no hablar de ello en público —le

expliqué a «Gran Siggi»—. ¿Podría hablar con usted en privado…?

—¡No, no puedes! —tronó la voz de «Gran Siggi».

En lo referente a su buen humor, parecía que me había equivocado.

—Charly, simplemente díselo —me dijo Estefi en voz baja.

—Es que aún no puedo hacerlo público —le respondí.

—¡Eh, tío, eh! ¿Y entonces por qué nos lo has

estado contando a nosotros por lo menos tres veces al día?

Eso, naturalmente, era una exageración.

—¿Y tú por qué hablas continuamente del bebé de la señora Sulte-Stratmann? —le respondí.

—Bueno, ¿qué tienes que decirme, Charly?

Si no me equivocaba, el volumen de la voz de «Gran Siggi» había aumentado un poco más.

—Eh…, el señor Stecker…, entrevista…, revista escolar —le resumí sin más.

—¿Y?

—Pues que llegará enseguida.

—¿Significa eso que quieres ausentarte durante mi clase?

—Se podría expresar así, sí.

—¡Ni hablar!

—¡Pero he de irme! —exclamé, probablemente demasiado alto—. ¡Se trata del interés público! ¡Libertad de expresión!

«Gran Siggi» tomó aire y cerró los ojos.

—Está bien —dijo entonces—. Antes de desperdiciar media hora más con esto, te doy cinco minutos.

Con una habilidosa negociación seguro que habría podido sacar algunos minutos más, pero pasé de ello. Aquel día nuestro tutor estaba de un humor de perros.

Sin perder ni un solo segundo cogí mi equipo y abandoné el aula, haciendo caso omiso de las estúpidas sonrisas de los demás.

Titular 2:
¡Despiadado delincuente se hace con el coche de un policía!

Mi planificación horaria cuadró al minuto. En el aparcamiento de profesores del colegio, el señor Stecker se estaba bajando del coche. Pero no estaba solo. Un hombre joven iba con él. Saqué un par de fotos por si acaso.

—¡Hola, comisario Stecker! —le saludé con amabilidad mientras hacía algunas anotaciones en mi cuaderno.

—¡Me había olvidado por completo de ti! —dijo él—. No recordaba que ¡tú vienes a este colegio!

—¡Bien relacionado! Una agradable sorpresa, ¿a que sí?

—Sí, muy... agradable —contestó el comisario Stecker.

Sin rodeos, fui directo al grano:

—No sabía yo que los comisarios tuvieran chófer.

—Él no es mi chófer —dijo el comisario Stecker—, sino el señor Lau, mi nuevo...

—¿Subordinado? —a mi cuaderno de notas no se le escapaba nada.

—Colaborador.

—Ajá. Yo también los tengo.

—¿Cómo dices? —preguntó el señor Lau.

—Somos colegas —informé al joven policía que miraba un poco desconcertado a su jefe—. Tengo una agencia de detectives —continué—. El señor Stecker y yo ya hemos resuelto varios casos juntos.

—Bueno, vale —dijo el comisario—. Ya has tenido tu actuación y ahora, por favor, no nos entretengas más. Tenemos una cita con el director del colegio.

—¡Ya lo sé! —dije—. ¡Precisamente por eso estoy yo aquí! ¡He de hacerle una entrevista para la revista escolar!

—¡Ya es suficiente! —se enfadó el señor Stecker—. Te he dicho mil veces que...

El señor Lau carraspeó un poco y dijo:

—Recuerde que ahora es responsable de asuntos juveniles.

Ahí el señor Stecker cerró los ojos.

—Está bien, está bien. Entonces, ¿qué hacemos?

—Bueno, la entrevista no tiene por qué ser ahora mismo —dije con ánimo de ser considerado—. La verdad es que yo, en este momento, tampoco tengo mucho tiempo. Mi tutor..., quiero decir... ¡Tengo mucho trabajo! Podría pasar a verle esta tarde. Así dispondremos de tiempo suficiente y podremos charlar tranquilamente.

—Sí... Tiempo... Tranquilamente —dijo el señor Stecker en voz baja.

—¡Sólo una foto más! —exclamé y desenfundé mi cámara.

Al final tuve que fotografiar varias veces a los dos policías, porque sus sonrisas salían un poco forzadas. Después, no tuve más remedio que dejarlos marchar. A juzgar por la rapidez de sus pasos, debían de tener bastante prisa.

Feliz de mí mismo, me encaminé de vuelta a clase. Aquello había sido un rotundo éxito. ¡Muy profesional! Lástima que Winni no había podido verme en acción.

En la entrada del edificio escolar me encontré con la señora Brisa.

—Yo puedo ayudarla —le dije, sumido aún en la euforia de mi éxito, y acto seguido me arrepentí de habérselo dicho.

La señora Brisa se detuvo. Sus ojos parecieron estrecharse.

—¿En qué?

—En el misterio del molesto anónimo.

Entonces los ojos de la señora Brisa se convirtieron en unas estrechas ranuras. Me preguntaba si aún sería capaz de ver a través de ellas.

—Charly, eso no fue un anónimo molesto, sino un poema de amor bastante patético. Y además, ya me ocuparé yo. ¿Y tú, no tienes clase?

—Gran..., eh..., el señor Schlüter me ha dado cinco minutos.

—Conociéndote, seguro que hace rato que han pasado. ¡Así que marchando!

Reconocí que no tenía sentido perder el tiempo en largas discusiones con la sustituta de la señora Sulte-Stratmann. El asunto del poema de amor no tenía pinta de que fuera a convertirse en un caso para Charly & Company.

Así que volví al análisis poético de «Gran Siggi» y me senté en mi sitio.

—¿Qué? ¿Ha ido bien el encuentro? —me preguntó Estefi en voz baja.

—Desenfadado —me limité a decir.

—¡Eh, tío, eh! ¿Tan desenfadado como siempre?

—Seguro que sí —contestó Rabanito.

En eso tenían toda la razón, pero me preguntaba por qué sonreían de esa forma tan infantil.

«Gran Siggi» repasó con nosotros por lo menos por décima vez el poema que ya habíamos tenido que aprendernos de memoria antes de las vacaciones. Era asquerosamente aburrido y, además, ya me lo sabía. De modo que pude dedicarme a repasar tranquilamente las preguntas que quería realizar al señor Stecker.

En primer lugar, quería que me revelara algunos trucos que hubiera aprendido en la academia de policía. Éstos, lógicamente, no iban a ser para el artículo de la revista escolar, sino para mi trabajo de detective. Y luego le preguntaría acerca de los casos más emocionantes y espectaculares que hubiera resuelto. ¡Eso siempre interesa a los lectores! Tal vez entre ellos habría algún caso de secuestro o fraude millonario.

—¡Charly! —tronó la voz de «Gran Siggi» en mi oído—. ¡Te he hecho una pregunta!

—A lo mejor incluso un robo a un banco —contesté algo precipitadamente.

—¡No, Charly! ¡Ésa no es la respuesta correcta! —tronó nuevamente la voz de «Gran Siggi» por toda el aula—. Al menos no a la pregunta sobre qué podría haber querido decir el poeta con la frase: *¡Ondeando se mece el blanco lienzo sobre los prados y sus gimoteos!* ¿Y?

—Pues..., tal vez hubiera allí un perro, debajo del blanco..., esto..., del lienzo. Tenía miedo, y por eso gimoteaba —contesté muy avispado.

—Cartero. ¿Por qué no me habré hecho cartero? —escuché murmurar en voz baja a mi tutor—. O mejor aún, pediré la jubilación.

Lo dicho, aquel día su humor no era para tirar cohetes.

Por suerte no pudimos dedicarles más tiempo a los prados y sus gimoteos. De repente ante la puerta se escucharon rápidos pasos y fuertes voces que, sin embargo, nuestro tutor no parecía percibir.

Yo le alerté al respecto.

—¡Señor Schlüter, ahí fuera está sucediendo algo insólito!

—Es posible, Charly —bufó «Gran Siggi»—. Pero nosotros aquí también nos estamos dedicando a algo insólito. Por ejemplo, con el segundo verso de nuestro poema: *¡Traicioneros anfibios acechan en templados airecillos!* ¿Qué querrá decirnos el poeta con ello?

Dejé la contestación a esa pregunta para los demás. Los acontecimientos en el exterior de nuestra aula eran mucho más interesantes. Los pasos y las voces enmudecieron y aun así se percibía una extraña tensión. Yo había puesto en alerta todos mis sentidos. Cada una de las fibras de mi sexto sentido detectivesco me decía que ahí fuera me esperaba algo: ¡un nuevo caso!

Estaba impaciente por que se resolviera el problema de los gimoteantes prados y del traicionero anfibio para que «Gran Siggi» nos soltara de una vez al recreo. Sin entretenerme me dirigí hacia el patio.

—¡Eh, tío, eh! ¿Por qué corres tanto? —preguntó Fede tras de mí—. ¿Te ha dado un retortijón?

—¿Acaso no habéis oído el jaleo tras la puerta? —le contesté—. ¡Eso tiene que significar algo!

—Durante un momento ha habido un poco de jaleo —dijo Estefi—, ¡pero eso no tiene por qué significar nada!

Esta vez no le respondí. De todos modos Estefi, Rabanito y Fede me seguirían. Si en algo podía confiar de mis colaboradores era en su curiosidad.

Así que recorrimos el patio en busca de acontecimientos extraños. Pero aparte de un lesionado en fútbol y las habituales trifulcas, el recreo se desarrollaba de lo más tranquilo.

—Vamos al aparcamiento de profesores —dije finalmente siguiendo mi intuición—. Tal vez el señor Stecker y su compañero aún estén por allí.

—¿Qué compañero?

No tuve que contestar a Rabanito, porque pude mostrarle al señor Lau en persona. Estaba con su jefe y con nuestro director del colegio en el aparcamiento. Concretamente en el lugar donde el señor Lau había aparcado antes su coche.

—¡Ha desaparecido! —se me escapó.

—¿Qué es lo que ha desaparecido? —preguntó Estefi.

—El coche del señor Lau —contesté e hice unas cuantas fotos, por si acaso—. ¡El coche del compañero del comisario Stecker!

—¿A qué viene esto? —exclamó nuestro director, el señor Kurzweiler, probablemente el director más aburrido del mundo entero.

En todos sus discursos al menos la mitad de los oyentes se quedan dormidos. Pero ahora parecía excitado, porque no paraba quieto ni un momento.

—Prensa —contesté escuetamente—. Revista escolar. Interés público, por así decirlo.

—¡Es él! —gritó el señor Lau, ¡y me señaló a mí!

—¿El ladrón? —pregunto el señor Kurzweiler.

Del susto casi se me cae la cámara de las manos.

—Señor Kurzweiler, por favor —le murmuró el señor Stecker a nuestro director—, delante de los alumnos no. ¡Y sobre todo, no delante de este alumno!

Até cabos con precisión milimétrica: el coche del señor Lau ya no estaba en el aparcamiento, pero sí el señor Lau. ¡De modo que el coche del policía había sido robado! Además, el comisario Stecker planeaba llevar a cabo sus investigaciones en secreto. Pero para eso ya era demasiado tarde.

Intenté tranquilizarle:

—No se preocupe, señor Stecker. Aunque trabajo para la revista escolar, también soy detective, ¿lo recuerda, no?

—De eso me acuerdo perfectamente —contestó el señor Stecker extrañamente despacio.

—¡Es él! —exclamó el señor Lau nuevamente—. ¡Con sus estúpidas preguntas y con esa cámara de fotos me volvió completamente loco! ¡Seguro que fue por eso por lo que me dejé las llaves puestas!

Ajá. De modo que el señor Lau se había dejado las llaves puestas. Lo anoté enseguida.

—¿Qué hiciste para volver loco al señor Lau? —me preguntó Rabanito.

—¡Eh, tío, eh! ¿Pues qué va a ser? ¡Lo de siempre!

—Si se ha despistado por mi culpa, lo siento —dije rápidamente, sin entrar en el absurdo comentario de Fede—, pero si quiere podría compensarle. Me gustaría ayudarle a resolver este caso.

—¡Lo que faltaba! —exclamó el comisario Stecker—. ¡Chicos, ahora dejadnos solos!

—Sí, ésa es una buena idea —soltó el señor Kurzweiler—. Por favor, marchaos al patio.

Como en esos momentos estábamos en la hora de descanso, el patio del colegio parecía ser el lugar más indicado para pasar el recreo.

—¡Eh, tío, eh! Está bien, si ya nos íbamos —gruñó Fede.

—Charly, ¿por una vez, no podrías haber mantenido tu bocaza cerrada? —me increpó Estefi cuando llegamos al patio.

—¿Y eso por qué? —le repliqué.

—Pues porque me habría gustado poder quedarme un rato más allí.

—¿Y eso lo dices precisamente tú? —exclamó Rabanito—. Si tú eres la que más alto protesta siempre que Charly está maquinando un nuevo caso.

—Pero esta vez me resultaba... interesante.

—¿Te refieres al caso o al señor Lau? —preguntó Rabanito guiñándole un ojo a Fede.

Comprendí enseguida a lo que se refería. No se me había escapado que, si bien Estefi no había dicho nada, había estado todo el tiempo observando al joven policía con una mirada muy extraña.

—Yo que tú no sería tan bocazas, hermanito. sólo tengo que decir: ¡Lindi!

También en esta ocasión supe de inmediato de lo que se estaba hablando. Lindi era la hija de «Gran Siggi». La habíamos conocido durante un verano en Dinamarca y ella se había mostrado muy interesada por Rabanito. De hecho, éste se calló inmediatamente y cambió a un color muy saludable.

—¡Eh, tío, eh! ¿De verdad crees que el coche del señor Lau ha sido robado? —me preguntó Fede.

—Los indicios son inequívocos. De hecho el señor Kurzweiler lo ha confirmado cuando ha hablado de un ladrón.

—¿Entonces? —preguntó Estefi.

—¿A qué te refieres?

—¿No hay nada más?

—¡Ya lo creo que sí, pero no ahora! Nos vemos esta tarde en el huerto. Allí podremos decidir tranquilamente cómo vamos a proceder.

Ninguno de mis colaboradores protestó, cosa que me sorprendió bastante.

Aquel día no teníamos casi deberes, por lo que aproveché el tiempo hasta la hora de la reunión en el huerto con la redacción de un artículo para la revista escolar. Aún tenía pendiente la entrevista del señor Stecker, pero eso no suponía ningún problema. Para los lectores, el robo del coche de policía era por lo menos igual de interesante.

Las palabras salían ligeras de mi mente. Al final quedé muy satisfecho con el resultado.

Titular 3: ¡Primeras pistas interesantes en el caso Lau!

Contento, me encaminé hacia el huerto, impaciente por oír lo que mis colaboradores dirían sobre mi artículo.

Pero en un primer momento, éstos parecían tener otros problemas, al menos Fede, que estaba de rodillas delante de la caseta de Precioso.

Precioso es nuestro perro y también es miembro de Charly & Company, bueno, mejor dicho, es sólo medio miembro. Esto se debe a que la mayoría de las veces no se comporta como un verdadero perro detective, aunque en este punto Fede y yo discrepamos completamente. Por desgracia, el aspecto de Precioso tampoco da para mucho. Es pequeñajo, le faltan media oreja y, también, algunos dientes. Resumiendo: nuestro perro es horrorosamente feo. Por eso le pusimos Precioso, y así, por lo menos, tiene algo bonito: el nombre.

Lo dicho, como siempre suele hacer lo contrario de lo que se espera de él, no vive en casa de ninguno de nosotros, sino en el huerto de la tía Hilde y el tío Werner. Con el paso del tiempo, ese huerto se ha convertido en algo así como el cuartel general de la agencia de detectives Charly & Company.

Moverse prácticamente sin hacer ningún ruido es una de las habilidades más importantes que tiene que poseer un buen detective. Por eso me acerqué tanto a Fede sin ser visto y pude escuchar lo que le estaba diciendo a Precioso.

—Precioso, ¿sabes qué es lo peor? ¡Esta incertidumbre! Porque un nacimiento así no es cualquier

cosa. Lo sé por mamá. Espero que la señora Sulte-Stratmann y su bebé estén bien. ¡No quiero ni imaginar la de cosas que pueden ocurrirle! Tú lo entiendes, ¿verdad, pequeñín?

Yo ya no aguanté más.

—Claro que te entiende. Y si se lo pides por favor, a lo mejor hasta decide ser comadrona.

Fede se giró bruscamente.

—¡Eh, tío, eh! ¡Eso no tiene ninguna gracia! ¿Qué pasa? ¿Te has acercado a hurtadillas para espiarme?

—Pura costumbre. Gajes del oficio, por así decirlo.

—¡Eh, tío, eh! ¡A veces me sacas realmente de quicio!

—Fede, relájate —intenté calmar a nuestro experto canino, que es como llamo yo a Fede porque no se separa de Precioso—. Un parto es la cosa más natural del mundo.

—¿Cómo lo sabes precisamente tú?

—Bueno, yo también he nacido, ¿no?

—¿En serio? —escuché la voz de Estefi a mis

espaldas—. Y yo que creía que eras una copia de Sherlock Holmes.

—¡Pues a mí no me hace gracia! —exclamé—. Además, no era yo el que estaba discutiendo con Precioso sobre partos. ¡Era Fede!

—¡Eh, tío, eh!

—¿Podríais parar de una vez con vuestra absurda discusión? —dijo Rabanito metiéndose por medio.

—No puedo estar más de acuerdo contigo —contesté—. A fin de cuentas tenemos cosas más importantes que hacer.

—¿El coche robado?

—Así es. Pero antes os leeré el artículo que he escrito para la revista escolar.

—¿Y tiene que ser ahora? —suspiró Estefi.

—Sí. Tiene que ser ahora. Escuchad —saqué el folio con el artículo—: *¡Despiadado delincuente se hace con el coche de un policía!*

—Un artículo muy bonito —me interrumpió Estefi—. Y ahora vuelve a guardarte ese papel.

—¡Pero si sólo he leído el título! ¡El titular, para

ser exactos! —exclamé—. ¡Ahora es cuando empieza el artículo!

—¡Eh, tío, eh! Me lo estaba temiendo.

No me dejé provocar por esos comentarios infantiles y continué leyendo:

—*La cara del joven policía perdió su color.*

—¿Quién se perdió? —preguntó Rabanito.

—¡El color, hombre! ¡Que se quedó pálido!

—Ah, bueno.

—Vale, sigamos: *Con manos temblorosas señaló hacia el aparcamiento vacío. «¡Mi coche! ¡Mi bonito coche ha desaparecido!», gimió.*

—Pues yo lo recuerdo de forma bien distinta —me interrumpió Estefi—. ¿No dijo que tú habías tenido la culpa y que por eso se había dejado las llaves puestas?

—Esas nimiedades no les interesan a mis lectores. ¡Lo que quieren es acción! —le respondí—. Y ahora escuchad de una vez: *El comisario Stecker, al que no le altera ni el más terrible crimen, echó su brazo por encima del hombro de su joven colega y murmuró: «Parece que un despiadado delincuente se ha apoderado de su coche». El joven e inexperto policía...*

—¡Repetido! —exclamó Fede interrumpiéndome—. ¡Lo de «despiadado delincuente» es una repetición del título! ¡Hay que evitar las repeticiones! ¡Así me lo anotó «Gran Siggi» en mi última redacción!

Volví a doblar el folio y me lo guardé en el bolsillo.

—Está bien. Vosotros ganáis —dije, y decidí que en el futuro únicamente le enseñaría mis artículos a mi Redactor Jefe.

—Entonces ya podemos dedicarnos a nuestro caso —dijo Rabanito con una estúpida sonrisa.

Yo mantuve la compostura.

—Por mí de acuerdo. ¿Tenéis alguna propuesta de cómo debemos proseguir?

Mis colaboradores no la tenían, naturalmente.

—¡En cambio hacer comentarios estúpidos, eso sí! —exclamé—. ¡No estaría de más que os molestarais un poco, para variar!

—Pero si eso ya lo haces tú siempre —dijo Fede—. Además, yo ya me ocupo de Precioso.

—Lo sé. Algún día acabará por adoptarte.

—¡Eh, tío, eh!

—¿Y qué planes tienes tú? —me preguntó Estefi.

—Pues los normales. Iremos a la policía. Tengo cita con el señor Stecker. Aunque el motivo es la entrevista, aprovecharemos para preguntarle discretamente acerca del coche robado.

—Discretamente —bufó Rabanito—. Eso habrá que verlo.

—¡Eh, tío, eh! ¡Pero a Precioso nos lo llevamos!

Nuestro perro soltó un largo y prolongado silbido. Eso siempre lo hace cuando

está alegre o excitado por algo. Probablemente se debe a un hueco que tiene en su dentadura.

Fede cogió a su mejor amigo en brazos, como suele hacer siempre.

—¿Te alegras de que te llevemos con nosotros, pequeñín?

Lo dicho, cualquier día estos dos se adoptan mutuamente.

—¿Crees que el señor Lau también estará? —preguntó Estefi, de camino a la comisaría de policía.

—¿Para qué?, si con que entreviste al señor Stecker es suficiente —respondí.

—Porque si estuviera también el señor Lau, podría ser más... interesante —opinó Estefi.

No quise indagar en lo que Estefi entendía por «más interesante», sino que me concentré. Volví a repasar mentalmente las preguntas que quería plantear al nuevo responsable de asuntos juveniles de la policía. Y pensé en cómo intercalar hábilmente algunas preguntas sobre el robo del coche del policía.

Estefi no tuvo suerte. El comisario Stecker estaba solo, sentado en su oficina. Estefi se mostró decepcionada, mientras que el señor Stecker se mostró tremendamente sorprendido.

—¿Qué hacéis vosotros aquí…?

—¡Prensa! —dije interrumpiéndole—. Habíamos quedado, ¿o acaso lo había olvidado?

—¿Cómo?… Ah, sí… No, ¿cómo iba yo a olvidar una cita tan importante? ¿Pero teníais que venir todos?

—Nueve orejas y media oyen más que dos —le respondí—. Comisario Stecker, vayamos directamente al grano: ¿podría usted revelarles a nuestros lectores algunos de sus trucos policiales secretos?

El señor Stecker me miró con los ojos muy abiertos.

—¿Secretos? ¿Trucos? No entiendo.

Me incliné un poco hacia delante y le guiñé un ojo.

—Comisario, usted es un hombre experimentado. Seguro que tiene algún que otro truco que le ayuda a descubrir pistas sobre los malhechores y a atraparlos.

El señor Stecker se reclinó en su silla y miró al techo.

—¡Chaval! —suspiró—. ¡Aquí estamos en una comisaría de policía y no en el cine!

—¿Significa eso que no nos los quiere revelar?

—Significa que no existen, ¿entiendes? El trabajo de policía es un trabajo como cualquier otro. Como en todos los oficios, la experiencia es lo que vale. A menudo el día a día es pura rutina...

—¿Y los casos más espectaculares? —le interrumpí, antes de que siguiera aburriéndome.

El señor Stecker me miró algo desconcertado.

—¿A qué te refieres?

Yo solté una carcajada.

—¡Robos de bancos! ¡Secuestros! ¡Rehenes! ¡Ya sabe!

—¡Pues no, no lo sé! —me increpó—. ¿Ves las carpetas que tengo sobre mi mesa? ¿Sabes de qué tratan?

—¿Chantaje? ¿Atracos? ¿Crimen organizado?

—Hurtos en tiendas y educación vial.

—¿Ehhh?

—Uno de los «casos» trata sobre un anciano que ha robado crema adhesiva para su dentadura postiza, porque siempre se le desajusta. Y en otra de las carpetas están los documentos de una guardería que el señor Lau y yo iremos a visitar mañana. Pretendemos enseñar a los más pequeños a comportarse debidamente en la vía pública. ¿Es eso suficientemente espectacular para ti?

Ahora era yo el que estaba un poco desconcertado.

—¿Crema adhesiva? ¿Dentadura postiza? ¿Guardería?

—Pues suena muy interesante, ¿verdad? —dijo Estefi, clavándome la puñalada por la espalda—. ¿Por qué no tomas nota, Charly?

Pero yo no me daba por vencido tan pronto.

—¿Y qué hay del vil robo de coche de policía?

Antes de que señor Stecker pudiera contestar, entró en el despacho la propia víctima, muy apresurada. La cara de Estefi se iluminó. El señor Lau parecía seguir atacado de los nervios debido a la pérdida de su coche, porque inicialmente no advirtió nuestra presencia.

—¡Seguimos sin ninguna pista de Rizos de Plata! —le dijo a su jefe—. Como no le encontremos pronto, me voy a volver loco... ¿Y éstos qué hacen aquí?

En ese instante Precioso saltó de los brazos de Fede y, moviendo el rabo y silbando, empezó a dar brincos por entre las piernas del señor Lau.

—¡Eh, tío, eh! ¡A Precioso le cae usted bien! —exclamó Fede contento.

—No me sorprende —oí decir a Estefi en voz baja.

Yo tomé rápidamente nota del nombre «Rizos de Plata» antes de contestarle:

—Prensa. Entrevista. ¿Lo recuerda?

El señor Lau me miró con cara de pocos amigos.

—Creo que a ti no te olvidaré durante el resto de mi vida.

Yo me lo tomé como un cumplido.

—Ya que ha sacado usted el tema: el señor Stecker y yo estábamos en mitad de una interesante conversación acerca de su coche robado.

—Ni conversación, ni interesante —gruñó el señor Stecker.

—¿Acaso hay alguna pista? —añadí enseguida.

—Podría ser —dijo el señor Lau.

Noté que el señor Stecker se había quedado pálido. ¡Era mi turno! No debía aflojar la cuerda.

—¿De qué se trata? —pregunté como de pasada—. ¿Tiene algo que ver con ese tal Rizos de Plata?

El señor Stecker y su colaborador intercambiaron durante unos segundos sus miradas. Probablemente creían que yo no me había dado cuenta, pero para una entrenada vista de detective esa mirada era clara: ¡había dado en el clavo!

—Bueno —dijo el señor Stecker lentamente—, ya que lo has descubierto, efectivamente, estamos sobre la pista de Rizos de Plata. Pero, en este momento, aún no podemos afirmar que haya tenido que ver con el robo, no tenemos pruebas concluyentes. Ya sabes.

—¡Lógicamente! —exclamé y me anoté todo al detalle—. ¿Y qué clase de tipo es?

—Dicen que puede ser peligroso —contestó el señor Lau—. Al menos si no se le trata de forma adecuada. Pero no podemos decir nada más.

—Investigaciones sin concluir —dije en voz baja—. Está bien. ¿Pero nos mantendrán al corriente?

—Depende de lo que tardemos en encontrarle —contestó el señor Stecker.

Eso era mejor que nada. Me levanté.

—¿Y qué hay de la entrevista? —me preguntó Estefi—. Si todavía no le has hecho ninguna pregunta al señor Lau.

De repente el señor Lau apareció con un cuadernillo en la mano.

—Éste es nuestro prospecto. Completamente nuevo. En él deberías encontrar todo lo que necesitas para tu artículo.

—¿En serio? —pregunté y cogí el cuadernillo—. ¿Incluidos los casos espectaculares?

—Viene un artículo sobre perros policía. Eso seguro que será interesante para tus... lectores.

Yo no le contradije. Al fin y al cabo, Stecker y su colaborador nos habían aportado importantes pistas sobre nuestro caso.

—Bueno, si tenemos más preguntas ya volveremos —me limité a decir.

—¿Cómo?... Eh... Sí. Tal vez.

—¡Eh, tío, eh! —exclamó Fede, cuando habíamos cerrado la puerta del despacho del señor Stecker—. No creía que fueras a conformarte con un cuadernucho de éstos.

—Seguro que el artículo sobre perros policías resulta interesante para Precioso —respondí—. Puedes leérselo. Quién sabe, a lo mejor incluso aprende algo.

—¡Eh, tío, eh!

—¿Crees que ese Rizos de Plata tendrá algo que ver con el robo del coche? —preguntó Rabanito.

—¡Seguro! —exclamé yo—. Al señor Lau se le ha escapado, por eso luego no podían negarlo.

—No sé yo... —opinó Estefi—. Ese tal Rizos de Plata podría ser alguien completamente distinto.

—¡Puede ser! ¡Puede ser! —exclamé—. La cuestión es que ese nombre es nuestra pista más evidente.

—Y la única —sentenció Rabanito muy acertadamente.

—¡Pues precisamente por eso tenemos que averiguar más cosas sobre él!

Titular 4: ¡Informantes sin escrúpulos dejan a investigador en la estacada!

Cuando llegué a casa me puse manos a la obra. A lo largo del tiempo he ido creándome un voluminoso archivo criminal. En él almaceno todo lo que podría serme de utilidad en algún momento: artículos de periódico, libros, anotaciones propias, fotos y muchas cosas más. A pesar de que señalo muy minuciosamente todos mis documentos, no logré encontrar el nombre de Rizos de Plata por ninguna parte. Además, no pude dedicarme a ello durante mucho tiempo, porque ya se había hecho tarde y aún tenía que repasar mi artículo para la revista. Al fin y al cabo, no quería que mis colaboradores se salieran con la suya con sus estúpidos comentarios. Puse mi mente a trabajar con mucho esmero y medité cada palabra a conciencia. Era ya medianoche cuando por fin quedé satisfecho con el resultado. ¡Winni quedaría impresionado!

Claro que, al día siguiente, no me encontraba precisamente en buena forma, ya que no había dormido lo suficiente. Aun así, me puse de nuevo a repasar mentalmente las distintas posibilidades de cómo podríamos avanzar en nuestro caso.

—¿Por qué tienes esa cara de hecho polvo, Charly? —Nicole me sacó bruscamente de mis pensamientos.

Nicole es mi hermana mayor, una persona estresante que, para mi desgracia, también va a mi colegio.

—Estuve trabajando hasta tarde —contesté, algo parco en palabras.

—¿Deberes? —me preguntó mi madre.

Reconocí claramente el tono de sorpresa en su voz.

—Artículo para la revista.

—¡Ah, claro! —cacareó Nicole a carcajadas—. ¡Si ahora nuestro Charly ya no es sólo un superdetective, sino también un reportero-estrella!

—¡Muy graciosa! Pues que sepas que estamos trabajando en serio en un caso muy interesante. ¡El robo de un coche!

Cuando uno no ha dormido lo suficiente, el cacareo de Nicole se hace verdaderamente insoportable.

—¡El coche del policía! Tenía que habérmelo imaginado. ¡Hace falta ser tonto! Mira que dejarse robar el coche del aparcamiento de profesores, ¡y encima siendo policía! He oído que se dejó las llaves puestas. ¡Me pregunto cómo pudo pasarle algo así!

Preferí no entrar a comentar ese detalle. Pero sí me vino una idea a la cabeza. En los muchos libros temáticos que había leído, a menudo se hablaba de que siempre había que buscar al autor en el círculo más próximo de la víctima y en las inmediaciones del lugar del crimen. El coche había sido robado del aparcamiento donde dejaban el coche los profesores, así que éstos también podían ser los autores del robo, al menos en teoría. ¡Y también los alumnos!

—Por cierto, ¿en tu clase hay muchos compañeros con el permiso de conducir? —pregunté.

Nicole se metió la última cucharada de sus cereales en la boca.

—Sí, bastantes —dijo con la boca llena—. Y alguno ya tiene hasta coche.

Le echó una inequívoca mirada a mi madre, pero ésta solía hacer caso omiso a ese tipo de comentarios. Eso lo sabía yo por experiencia propia.

—Pero no todos los alumnos tienen coche —añadí yo.

—Qué va. Yo, por ejemplo, desde que se estropeó el que tenía, no tengo coche.

—Pero a lo mejor les gustaría tener uno.

—Sí. A mí, por ejemplo.

—Así que quizá uno de ellos robó el coche del policía.

—Sí. ¿Qué? ¿Te has vuelto loco de remate, o qué?

—Hay que tener en cuenta todas las posibilidades. A lo mejor incluso alguno tiene problemas económicos.

Nicole se dio unos toques con un dedo en la sien.

—Tú no estás bien de la cabeza.

Yo mantuve la compostura. Además estaba demasiado cansado como para ponerme a discutir.

—De todas formas, podrías mantener los ojos bien abiertos. A lo mejor así te enteras de algo.

—De lo único de lo que me estoy enterando es de que tengo un hermano al que le falta un tornillo.

—Actuaremos a tres bandas —les expliqué a mis colaboradores, incluso antes de encaminarnos hacia el edificio escolar.

—¿Y eso qué quiere decir? —preguntó Estefi.

—Que nos ocuparemos de tres grupos de sospechosos: alumnos, profesores y Rizos de Plata.

—¡Eh, tío, eh! ¿Alumnos? ¿Estás loco?

—¡En absoluto! Algunos de los mayores ya tienen carné de conducir. Se los he asignado a Nicole.

—¡Pues menudo rollo! —suspiró Estefi.

Y es que mi colaboradora también conoce muy bien a mi hermana.

—¿Y qué pasa con los profesores? —preguntó Rabanito—. ¿En serio crees que alguno de ellos ha podido robar el coche del policía?

—Presuntamente. Sólo en teoría. Pero tenemos que estar seguros e investigar también en esa línea.

—Pues yo en tu lugar me andaría con pies de plomo —dijo Estefi—. Porque hasta ahora, con las acusaciones a profesores, no hemos tenido mucho éxito que se diga.

En eso incluso se quedaba corta. Las pistas hacia los profesores casi siempre habían resultado ser un callejón sin salida. ¡Pero sólo casi!

—Seguro que el grupo que resultará más complicado será el de los profesores sospechosos —dije—. Tenemos que preparar un plan que sea infalible, por así decirlo.

—¡Eh, tío, eh! ¿Y cómo es un plan así?

—No lo sé. Aún tengo que pensar en ello. ¡Pero vosotros también podríais estrujaros un poco el cerebro, para variar!

Sabía que podía haberme ahorrado ese comentario. De todas formas, acabaría trabajando sólo yo, ¡como siempre!

Pero en el siguiente recreo no podía ocuparme de ello. Tenía que ir a la redacción de la revista. Seguro que Winni ya esperaba impaciente a que le entregara mi artículo.

—¿Artículo? ¿Qué artículo? —preguntó sin embargo.

—¡Policía! ¡Entrevista! —exclamé.

La verdad es que la falta de interés de mi Redactor Jefe me decepcionó un poco.

—¡Ah, sí! ¡Claro! ¡Se me había olvidado por completo!

Me cogió el folio que le entregaba de la mano y comenzó a leerlo enseguida. Tras sólo unos instantes, se detuvo extrañado y me miró.

—Los ojos de color azul acero en el curtido rostro del experimentado policía se fijaron en un punto imaginario en el horizonte a través de la ventana —leyó Winni en voz alta la primera frase de mi artículo—. «*Mis casos más espectaculares*», *dijo el comisario Stecker*

con voz ruda. «¿No cree usted que será demasiado excitante para los lectores?» Yo me recliné de forma desenfadada en mi silla y desenfundé mi lápiz. «No hay problema, comisario. Puedo descafeinarlo un poco para mis lectores. Pero a mí me lo puede contar con toda tranquilidad. Tengo los nervios de acero.»

Winni se detuvo y volvió a mirarme.

—¿De verdad ocurrió así?

—Bueno, más o menos —contesté titubeando—. Tal vez me haya inventado una pizca de nada. Pero el artículo ha de ser emocionante, ¿no?

—¿Y qué hay de los... casos espectaculares?

—Secuestro y robos de banco.

—¿Eso te ha contado?

—No exactamente.

—¿Sino...?

—Hurtos en tiendas y educación vial en la guardería.

Winni hizo una bola con el papel de mi artículo y lo tiró a la papelera.

—¡Oye! ¿Qué haces? —exclamé indignado—. ¿Por qué tiras mi bonito artículo...?

—¡No es bonito! ¡Es pura basura! —me increpó mi Redactor Jefe—. ¡Has de volver a escribirlo!

—¿Y por qué?

—Aunque sólo seamos una revista escolar —dijo Winni, echándose sus salvajes rizos hacia atrás por encima del hombro—, aquí hacemos periodismo serio, ¿lo entiendes?

—Sí..., no... ¿Qué quieres decir? —pregunté un poco confuso.

—Pues muy sencillo. Investigar, investigar e investigar. Lo que aparezca en mi revista serán hechos fundados e irrefutables.

—Ajá. ¿Y cómo y dónde tengo que investigar?

—¡Yo qué sé! —exclamó Winni—. En la biblioteca o en el periódico. Me refiero en la redacción del diario.

—¿En el periódico?

—Claro. Allí tienen un archivo. Tienen almacenados en el ordenador todos los artículos que se han publicado alguna vez. Sólo tienes que introducir una palabra en el buscador y, zas, el ordenador te muestra los artículos que contienen esa palabra.

Eso era interesante. ¡Eso era muy interesante!

—¿Y cualquiera puede ir allí, sin más? —le pregunté.

Winni suspiró audiblemente, tiró de uno de los cajones de su inestable escritorio y sacó un papelito muy manoseado.

—Esto es una especie de identificación para revistas escolares —dijo entregándome el papel—. Con ello no deberías tener ningún problema.

—Vale, jefe —dije lo más natural posible y cogí la identificación.

¡Eso era! ¡Era la posibilidad no sólo de investigar para el artículo de la revista, sino también de averiguar algo sobre los sospechosos en el caso del coche de policía robado!

Me despedí con prisa y quise volver al patio del recreo, pero en la puerta casi me arrolla un gigantón de una de las clases superiores.

—¡Eh, Winni! —le saludó sin prestarme ninguna atención.

Por si acaso le saqué una foto.

—¿Qué quieres? —suspiró Winni—. Ya te he dicho que yo...

—¡Necesito el dinero! —interrumpió el gigante a mi jefe—. ¡Me lo prometiste la semana pasada!

—Y te lo voy a devolver —dijo Winni, visiblemente avergonzado—. Sólo uno o dos días más y volveré a tener pasta. ¡Te lo prometo! Hasta ahora siempre he pagado mis deudas.

—Eso espero..., por tu bien —gruñó el gigante y desapareció.

¡La casualidad había atacado! Y yo había estado justo en el momento apropiado y en el sitio adecuado. De modo que mi Redactor Jefe tenía problemas eco-

nómicos. Eso era evidente. Volví otra vez con Winni, para averiguar algo más.

—¡Eh, Winni! —dije con la misma naturalidad que el gigante.

—¿Y ahora qué? —suspiró Winni atacado de los nervios.

Sin duda alguna estaba nervioso. Eso aún le hacía más sospechoso.

—¿Tienes carné de conducir? —le pregunté sin rodeos.

—Sí. ¿Por qué?

—¿Y coche? —seguí preguntando sin cortarme—. ¿También tienes coche?

—¿A qué viene tanta pregunta absurda? —me increpó Winni—. ¿Quieres que te lleve al periódico? ¿O a ver a tu madre? ¿O qué?

—Sólo era puro interés.

—¡Pero a mí no me interesa lo que a ti te interesa! ¡Y ahora desaparece de mi vista!

Mi sexto sentido de detective me decía que en esos momentos el sospechoso no se encontraba en condiciones óptimas para proseguir el interrogatorio.

Mientras salía de la redacción, desenfundé mi cuaderno de notas y amplié mi lista de sospechosos con el nombre de Winni.

No había hecho más que llegar al patio del recreo cuando de nuevo sonó el timbre para regresar a clase. Como esto continuara así, no iba a poder disfrutar de ninguna pausa más. Busqué con la mirada a mis colaboradores y descubrí a Nicole. Tal vez ella sabía algo más sobre los problemas de Winni. Al fin y al cabo se pasaba el día con sus compañeros de las clases superiores. Me acerqué a ella.

—¿No puedes dejar de andar por ahí con esa ridícula cámara de fotos?

Hice caso omiso de sus críticas y fui al grano:

—¿Conoces a Winni?

—¿A ese topo con peinado de escarola de la revista escolar?

—Exactamente a ése. ¿Sabes algo sobre él?

—¿Por qué me lo preguntas? ¡No tengo tiempo! ¡Tenemos un examen dentro de nada! —me contestó mi hermana, irritada.

—¿Tiene problemas de dinero? —me apresuré a preguntarle—. ¿Sería capaz de robar un coche por ello? ¿O quizá conoces a alguien que tenga problemas muy gordos de dinero?

Nicole me miró con los ojos muy abiertos y luego se echó a reír a carcajadas.

—¿Qué es lo que te hace tanta gracia?

—¡Escuchad todos un momento! —gritó entre risas dirigiéndose a sus compañeros con los que pasaba siempre los recreos—. ¡Mi hermano cree que uno de vosotros ha robado el coche del poli!

—¡He sido yo! —dijo uno de esos tontos—. ¿Comisario, me va usted a arrestar ahora?

—¡No, no es cierto! ¡He sido yo! —dijo otro memo—. ¡Mi amigo sólo intenta protegerme!

—¡Por favor, las esposas no! —gritó un tercero—. ¡Lo confesaré todo!

Después, esa banda de payasos se dirigió hacia el edificio escolar partiéndose de risa. Esperé un rato antes de seguirles. Mis colaboradores habían estado todo el tiempo en la entrada principal del colegio, de pie, observando la vergonzosa escena.

Me dirigí hacia ellos.

—No digáis nada. Y como a uno de vosotros se le ocurra reírse, no volveré a dirigirle la palabra nunca más.

Por suerte, mis colaboradores me hicieron caso.

Durante las siguientes dos horas tocaba Educación Física, mejor dicho: natación. Teníamos que ir a pie desde el colegio hasta la piscina cubierta. Así que volvimos a encontrarnos con la señora Brisa. Pero no sólo con ella, sino también con el señor Brinkmann, nuestro profesor de Matemáticas. A la clase de natación siempre nos acompañan una profesora y un profesor.

—Pensaba que tenía estas dos horas libres —oí que le preguntaba la señora Brisa al señor Brinkmann.

—Me he ofrecido. Voluntario. Por usted.

—Ajá —dijo la señora Brisa escuetamente.

Eso era típico del «guapo de Gerardo»; así es como llamamos nosotros al señor Brinkmann, porque se cree superguapo. En cada clase de Matemáticas se mira por lo menos un par de veces en el pequeño espejo que hay colgado encima del lavabo de nuestra aula. Además, no pierde oportunidad de ligar con las profesoras. Y la señora Brisa posiblemente era su próxima víctima.

—¿Vas a descartar como sospechosos a los alumnos? —preguntó Rabanito sacándome de mis pensamientos.

—Sólo descarto a Nicole como informadora —le contesté—. Winni sigue siendo sospechoso.

—¿Y eso por qué? —preguntó Estefi—. ¿No decías que era un Redactor Jefe tan estupendo?

—Y lo es. Aun así tiene problemas de dinero. Lo oí por casualidad. Pero por otra parte me ha dado unos cuantos consejos muy útiles.

—¿Y cuáles son? —preguntó Rabanito.

—En la redacción del periódico podemos investigar acerca de artículos antiguos. Es muy fácil. Sólo hay que introducir una palabra en el ordenador y aparecen todos los artículos periodísticos que se han publicado sobre ese tema. Winni incluso me ha dado un pase de identificación, para que la gente del periódico nos deje entrar sin problemas.

—¡Eh, tío, eh! ¿Es que apareció algo sobre el coche robado en el periódico? —preguntó Fede.

—¡Naturalmente que no! Pero tal vez haya alguna mancha oscura en el pasado de nuestros sospechosos.

—¿Mancha oscura en el pasado de los profesores? —preguntó Estefi sonriendo con picardía.

—¡Sí, por ejemplo! Propongo que vayamos esta misma tarde al periódico.

Rabanito movió la cabeza.

—No me imagino a ninguno de nuestros profesores con un pasado oscuro.

—¿Significa eso que no quieres venir? —le pregunté.

—¡Ya lo creo que voy a ir! —exclamó Rabanito—. Quién sabe, a lo mejor incluso descubrimos algo.

—Por lo menos será divertido —opinó Estefi.

—¡Eh, tíos, eh! ¡Y a Precioso también nos lo llevamos!

Titular 5: ¡Apuesto profesor de Matemáticas sufre un planchazo!

En los vestuarios de la piscina cubierta reinaba el habitual caos. Me cambié lo más rápido que pude y, abriéndome camino entre mochilas, calcetines malolientes y calzoncillos más o menos limpios, me dirigí a las duchas y luego a la piscina.

En vista de que la señora Brisa y «el guapo de Gerardo» tardaban más en salir, mis colaboradores y yo, al igual que el resto de la clase, jugábamos despreocupados en el agua.

—Oye, ¿y éstos adónde miran continuamente? —preguntó Estefi, justo en el momento en que yo cruzaba con elegantes brazadas la piscina.

—¡Eh, tía, eh! —exclamó Fede, escupiendo primero el agua que acababa de tragar—. ¡Ahí atrás están los vestuarios de mujeres!

—¿Y? —preguntó Estefi.

—Pues está claro —dijo Rabanito sonriendo

con picardía—. Todos quieren ver a la señora Brisa en bañador.

—Seguro que está preciosa —dije yo.

—¡Eh, tío, eh! ¡Pero no tan preciosa como estaría la señora Sulte-Stratmann!

—¡Estáis chiflados! —exclamó Estefi, lanzándonos un poco de agua.

Sin embargo, el primero en aparecer en la piscina fue «el guapo de Gerardo». Salió de los vestuarios de hombres andando como un pavo real embuti-

do en un bañador bastante escaso, se dirigió hacia el borde de la piscina con la espalda bien recta y comenzó a bracear de forma antinatural.

—¿Y ése por qué anda así? —preguntó Rabanito.

—Ni idea —contesté yo—. A lo mejor le pasa algo en los pies.

—¡Que te lo has creído! —dijo Estefi riendo—. ¡Ése lo que está es metiendo la barriga! Seguramente hasta está conteniendo la respiración.

Entonces yo también me di cuenta. El color de la cara de nuestro profesor estaba efectivamente algo más roja de lo habitual. Además mantenía los labios apretados y miraba continuamente de reojo hacia la puerta por la que en principio debía de salir la señora Brisa.

—Será idiota —murmuró Rabanito, que no sólo tenía declarada la guerra al «guapo de Gerardo» en general, sino también a las Matemáticas en particular.

—¡Eh, tío, eh! —me susurró Fede—. Y eso que la señora Brisa aún ni ha llegado.

Pero ella no se hizo de rogar mucho más. Apareció con un cronómetro en una mano, un silbato en la otra y... vestida con un chándal, más bien holgado.

Entonces pudo oírse un murmullo general de decepción, y al mismo tiempo, nuestro profesor de Matemáticas se desinfló. Al instante se formó una pequeña y redonda bola por encima de su estrecho bañador.

—¿Aún no ha empezado usted con los ejercicios? —le preguntó nuestra profesora sustituta al «guapo de Gerardo».

—Claro que sí —dijo Estefi riéndose a escondidas—, ejercicios de respiración.

—No, ya que es usted la encargada de dirigir los ejercicios —bromeó «el guapo de Gerardo»—. Yo me meteré en el agua y participaré en todo.

—Me alegra oír eso —contestó la señora Brisa sonriendo por primera vez—. ¡Que se divierta!

Y entonces «el guapo de Gerardo» y nosotros nos enteramos de algo que no tenía nada que ver con la diversión. Las clases de Educación Física de la señora Sulte-Stratmann ya no eran precisamente un paseo, pero resultaban poca cosa comparada con los ejercicios de la señora Brisa. Su silbato no nos concedió ni un segundo de descanso.

—¡Eh, tío, eh! —jadeó Fede en un momento dado—. ¿Tengo cara de delfín o qué?

Aunque para nuestro profesor de Matemáticas la «diversión» de la señora Brisa era aún más dura. El color de cara del señor Brinkmann ahora estaba de un rojo oscuro, y eso sin contener la respiración.

—¡Fuera del agua! —escuchamos por fin la voz liberadora de nuestra profesora de Educación Física—. ¡Y ahora, para finalizar, saltos de trampolín desde la torre de tres metros! ¡Pero nada de saltos de cabeza!

Fede, Estefi y yo miramos a la vez a Rabanito, pues al oír lo de saltos de trampolín había tragado agua y le había entrado un ataque de tos.

El hermano de Estefi es bastante miedoso, por ello reconoce los peligros antes de que ni siquiera los percibamos los demás. Y por eso yo le llamo a escondidas «el antena». Siempre puedes contar con él para todo, excepto cuando le obligan a saltar al agua desde un trampolín de tres metros.

Mientras los demás casi se peleaban por llegar los primeros, Rabanito los dejó pasar generosamente por delante de él. Por eso se quedó el último mirando con ojos de terror hacia las profundidades.

—¡Adelante, Rabanito! ¡Salta! ¡Tú puedes! —dijo Estefi en voz baja mientras, al igual que los demás, observaba a su hermano.

—¿Óscar, qué ocurre? —preguntó la señora Brisa—. ¿Por qué no saltas?

—¡Tengo que concentrarme! —contestó Rabanito con voz temblorosa.

—No se preocupe, querida señora Brisa. Ya me encargo yo de él —dijo de repente «el guapo de Gerardo», y subió hasta el trampolín.

—Óscar, apártate a un lado un instante que voy a enseñarte cómo se hace —dijo.

Cogió un poco de carrerilla y se elevó por los aires. Parecía muy estiloso, pero sólo hasta que su pequeña y redondeada barriga, y su escaso bañador, aterrizaron con toda la fuerza del mundo contra el agua empapando a la señora Brisa y a su chándal.

Cuando «el guapo de Gerardo» apareció de nuevo en la superficie, mostró una sonrisa extrañamente forzada.

—¡Todo en orden! ¡No ha pasado nada! —tartamudeó todavía medio hundido y braceando descoordinadamente en el agua.

—¡Espere! ¡Le ayudaré! —exclamó la señora Brisa, arrodillándose en el bordillo de la piscina.

—¡No, por favor! —gritó «el guapo de Gerardo»—. Que alguien me acerque una toalla.

Pocos segundos más tarde le fueron entregadas cinco toallas. ¡Todo por conseguir una nota mejor en Matemáticas! El señor Brinkmann cogió una de ellas, y bajo el agua, se la ató a la cintura. Entonces fue cuando lo entendí todo.

—Su bañador —me susurró Estefi—. ¡Ha perdido su bañador!

—¡Eh, tía, eh! ¡Si es que era demasiado pequeño, y luego ese salto! No me extraña que lo haya perdido por el camino.

Con la cara roja como un tomate y la toalla chorreando, eso sí, bien atada a la cintura, «el guapo de Gerardo» salió del agua y se dirigió hacia los vestuarios con paso de pato y tan rápido como le fue posible, dadas las circunstancias. Y entonces nos dimos cuenta de que no sólo su cara estaba roja, sino también toda la parte de delante de su cuerpo.

—¡Señor Brinkmann! —gritó alguien ondeando un trozo pequeño de tela en el aire—. ¡He encontrado su bañador!

Nuestro profesor de Matemáticas no contestó, sino que desapareció rápidamente en los vestuarios.

—¿Y qué hago yo con esto? —preguntó quien lo había encontrado—. A mí me está demasiado pequeño.

—¡Dámelo a mí! —dijo la señora Brisa—. Ya se lo devolveré yo al señor Brinkmann.

Gracias a mi habilidad de observación, no se me escapó que Rabanito había aprovechado el desconcierto generalizado en su favor: había bajado rápidamente por la escalera de la torre y se había tirado del trampolín de un metro, para después aparecer entre las aguas como el más valiente saltador de trampolín.

—Puede que no sea muy valiente, pero tiene recursos —dijo Estefi nuevamente en voz baja—. Y eso tiene mucho más valor.

La vuelta nos costó algo más que la ida. Eso principalmente se debió al «guapo de Gerardo», que junto a la señora Brisa encabezaba nuestra fila. Hábilidosamente me situé junto a mis colaboradores detrás de los dos profesores y por si acaso les saqué una foto. Luego desenfundé mi cuaderno de notas.

—¿Qué haces otra vez con ese chisme? —me preguntó Estefi.

—Nunca se sabe lo que uno puede llegar a oír —le susurré—. ¡Siempre a punto! ¡Ése es el truco del buen detective!

Así fue cómo no tardamos en descubrir que el planchazo de nuestro profesor de Mates no le impedía en absoluto intentar ligársela.

—¿Ya ha encontrado usted piso? —le preguntó.

—No, sigo viviendo en una pequeña pensión junto al parque de la ciudad —contestó nuestra profesora.

—¿Y cómo se llama la pensión?

Silencio.

—¿Y usted no está casada? —continuó preguntando «el guapo de Gerardo» sin cortarse un pelo.

—No.

—¿Tampoco está comprometida o algo parecido?

La señora Brisa se quedó mirándole.

—Ni comprometida, ni nada parecido. Llevo poco tiempo sola y ahora es lo que necesito. ¡Estoy hasta las narices de los hombres!

Resumí esa interesante novedad con pocas palabras.

—¡No diga usted eso! —susurró nuestro profesor de Mates—. Los años pasan rápidamente y la flor de la vida se marchita.

—Mi flor aún florecerá por algún tiempo —contestó la señora Brisa—. ¿La suya también?

—¿Es que no quiere usted formar una familia? —le preguntó el señor Brinkmann, con ojos de carnero degollado.

—¿Quiere decir como la señora Sulte-Stratmann?

—¿Por qué no? Por cierto, antes he oído que

habían ingresado en el hospital a la señora Sulte-Stratmann.

—¿En el hospital? —exclamó la señora Brisa sinceramente alertada—. ¿No será nada grave, verdad? ¡Espero que el bebé se encuentre bien!

—Supongo que sí —dijo «el guapo de Gerardo»—. No creo que debamos preocuparnos por ello. Puede que el pequeño esté anunciando ya su llegada, con un poco de antelación.

—Espero que tenga usted razón —suspiró la señora Brisa.

—Ah, por cierto, creo que usted tiene mi bañador —dijo «el guapo de Gerardo».

Y a pesar de que había hablado muy bajito, no se le escapó a mi entrenado oído.

—Delante de los alumnos no —contestó la señora Brisa igual de bajito—. Se lo devolveré más tarde.

—Sí. Está bien. Le agradezco su comprensión, querida colega. Me gustaría poder compensarla por ello.

¡Es superior a él! En cuanto una profesora guapa entra en su radio de acción, ya no hay manera de que pueda librarse de él.

A Fede parecían atormentarle problemas similares. Al escuchar las palabras «señora Sulte-Stratmann», «hospital» y «bebé» se había tropezado tres veces seguidas. Y ahora andaba como un sonámbulo a nuestro lado con los ojos vidriosos y la mirada perdida.

—¿Fede? ¿Va todo bien? —le susurró Estefi.

Nuestro experto canino no contestó. Aunque movió los labios, no se escuchó nada.

Al llegar al patio del colegio, en un primer instante mi atención se centró exclusivamente en dos hombres: el señor Stecker y el señor Lau.

La señora Brisa quiso dirigirse al edificio escolar, pero «el guapo de Gerardo» la detuvo.

—¡Estimado comisario! ¿Otra vez por aquí? ¿A qué se debe este honor? Por cierto, ¿conoce usted a mi compañera, la señora Brisa?

—No, desgraciadamente aún no —contestó el nuevo responsable de asuntos juveniles de la policía, con un extraño brillo en los ojos.

La señora Brisa saludó a los dos como una buena chica asintiendo con la cabeza con más o menos amabilidad y se marchó apresurada hacia el edificio escolar.

Sin embargo, nuestro profesor de Mates aún no había acabado con esos dos, lo que yo celebré, manteniéndome, cuadernillo en mano, en los alrededores.

—¿Hay algo nuevo en ese asunto tan desagradable de su coche? —preguntó al señor Lau, quien con similar expresión a la de Fede instantes antes miraba ausente al infinito.

Probablemente, le había afectado la pérdida de su coche más de lo que yo había imaginado.

—Desgraciadamente no —contestó el señor Stecker por él—. Pero no es por eso por lo que hemos venido hoy. Más bien quería reanudar mi presentación oficial como responsable de asuntos juveniles. Ayer finalmente no pudo ser, debido a este desagradable..., bueno, lo que sea.

El señor Stecker y el señor Lau se despidieron rápidamente del «guapo de Gerardo».

En cuanto nos quedamos solos, Fede comenzó a lamentarse:

—¡Eh, tíos, eh! ¡La señora Sulte-Stratmann en el hospital! ¡Lo sabía! ¡La pobre señora Sulte-Stratmann! ¡Y el pobre bebé!

—¡Pero, hombre, no tienes por qué ponerte en lo peor! —dijo Rabanito intentando calmarle—. Seguramente tiene razón «el guapo de Gerardo». El bebé se adelantará unos días y ya está.

—¿Y si no es así? Además, ¿quién dice que son sólo unos días? ¡El bebé no debería llegar hasta dentro de... doce días, tres horas y dieciocho minutos! —exclamó mirando su reloj de muñeca.

—¿Dieciocho minutos? —preguntó Estefi estupefacta—. ¿Cómo es que lo sabes con tanta exactitud?

—¡Eh, tía, eh! He echado la cuenta. ¡Sólo para mí! ¡De modo que ya os podéis ir olvidando del asunto del periódico para esta tarde! ¡Yo he de ocuparme de la señora Sulte-Stratmann y su bebé!

—¡Fede! ¡Que tú no eres el padre de la criatura! —le recordé a nuestro experto canino.

—¡Da igual!

—¿Por qué no hacemos las dos cosas? —propuso Rabanito—. Primero vamos al periódico y luego visitamos a la señora Sulte-Stratmann en el hospital. Se alegrará…

—¡Primero la señora Sulte-Stratmann! —dijo Fede interrumpiéndole.

—No, primero al periódico —dije yo enseguida.

—¡La señora Sulte-Stratmann!

—¡El periódico!

—¿Por qué no tiráis una moneda al aire? —preguntó Estefi.

Eso hicimos, y gané yo.

—¡Eh, tíos, eh! ¡Yo siempre pierdo! —gruñó Fede, pero luego aceptó el destino.

Resumí el resultado:

—Bueno, entonces quedamos por la tarde en el huerto, vamos primero al periódico y luego a visitar a la señora Sulte-Stratmann.

La comida transcurrió bastante silenciosa. Aunque Nicole no consiguió resistirse a soltar uno de sus comentarios acerca del ridículo que había hecho en el patio del recreo. Yo mantuve la compostura y no le hice ni caso.

Me retiré a mi habitación en cuanto pude y redacté un artículo periodístico sobre *La inutilidad de las hermanas mayores.* Tal vez, algún día Winni se decida a publicarlo. Pero mi ejercicio de redacción me llevó más tiempo de lo que yo había planeado. Busqué mi equipo de detective a toda prisa y me encaminé hacia el huerto.

Rabanito y Estefi ya me estaban esperando. Precioso también estaba, pero él no me esperaba, sino que se dedicaba a su actividad preferida. Los ruidos que hacía al comer se oían desde fuera del huerto.

—¿Esta semana os toca a vosotros darle de comer? —les pregunté.

—En realidad no, pero es tan gratificante ver cómo se alegra siempre que le traemos algo para comer —contestó Rabanito.

Me quedé mirando a nuestra escobilla de váter ladradora.

—La verdad es que con las cantidades de comida que se mete todos los días en el cuerpo, debería estar ya tan grande como un San Bernardo —dije muy bajito.

—¡Eh, tío, eh! ¿Ya estás criticando otra vez a Precioso? Oye, ¿y qué está comiendo? ¡Si esta semana me tocaba a mí!

—Pensamos que a lo mejor tenías otras preocupaciones —contestó Estefi con su habitual sonrisa sarcástica—. ¡Al fin y al cabo no se tiene un bebé todos los días!

—¡Eh, tía, eh!

Me saltó a la vista que Fede no sólo había traído la ración de comida para Precioso, sino también un paquetito envuelto en papel de regalo.

—¿Y eso qué es? —le pregunté.

—Un regalo.

—¿Para quién? —preguntó Rabanito.

—Para la señora Sulte-Stratmann. ¿Para quién si no?

—¿Qué es lo que hay dentro? —preguntó Estefi.

—No quiero decírtelo.

—¿Por qué?

—¡Eh, tío, eh! ¡Porque no es para vosotros, sino para la señora Sulte-Stratmann! ¡Y ahora dejadme en paz! —Fede apartó el comedero de Precioso—. Tu comida te la daré más tarde, ¿vale, pequeñín? —le dijo a su mejor amigo—. Porque ahora tenemos que darnos prisa. La señora Sulte-Stratmann está en el hospital —le explicó cogiendo a Precioso en brazos.

—¿Tienes que llevarlo siempre en brazos? Como sigas así, dentro de nada no le quedará musculatura en las piernas.

—¡Eh, tío, eh! ¡El camino hasta la redacción del periódico es largo! Además, si siempre va andando.

Dejamos el tema así. No debíamos seguir molestando a un futuro padre-alumno, y menos mientras estuviese tan preocupado por la descendencia de su profesora preferida.

Titular 6: ¡Encontrados los primeros indicios sobre el misterioso Rizos de Plata!

No sé si Precioso no se había llenado suficiente o si simplemente se aburría en brazos de Fede. La cuestión es que, de repente, le apeteció comer papel de regalo.

—¿Qué está haciendo Precioso? —preguntó Rabanito.

Fede se asustó.

—¡Eh, tío, eh! ¡Precioso!

—Te está bien empleado —dije simplemente—. Si le hubieras dejado ir andando no habría pasado esto.

Fede dejó a Precioso en el suelo e inspeccionó el mordisqueado regalo.

—Está bastante estropeado —opinó Rabanito.

—Y bastante babeado —añadí yo.

—Así no puedes dárselo a la señora Sulte-Stratmann —dijo Estefi.

—¡Vale..., está bien! —dijo Fede—. ¡Le quitaré el papel de envolver!

Rasgó el papel en dos y el regalo de la señora Sulte-Stratmann hizo su aparición.

—Un sonajero —dijo Rabanito a media voz.

—¡Qué mono! —añadió Estefi.

—¿Es para el bebé? —pregunté yo.

—¡Eh, tío, eh! ¿Tú qué crees? ¡No va a ser para la señora Sulte-Stratmann!

—Pero si aún no ha nacido el bebé —dijo Estefi para que lo tuviera en cuenta.

—¿Y qué? Algún día llegará y entonces necesitará algo así.

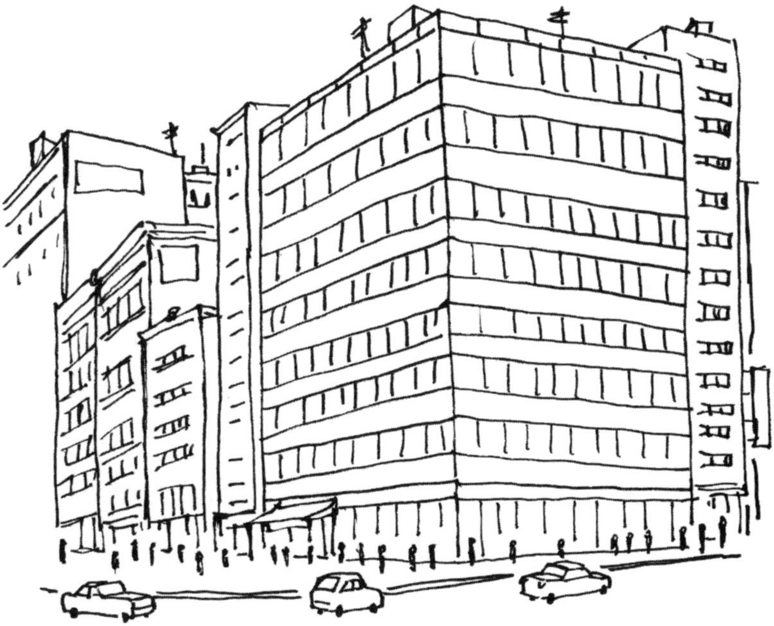

Precioso tuvo que ir andando el resto del camino y Fede sostenía con aire testarudo el sonajero del bebé como si quisiera mostrarle a todo el mundo el regalo tan bonito que había elegido para su profesora preferida.

El edificio en el que se encontraba nuestro periódico local era una moderna caja de cristal. En el vestíbulo, con mucho mármol y sillones de cuero, había más tránsito que en un palomar. Me detuve y gocé de aquel ambiente. Todo el que entraba y salía parecía ser especial, interesante y de mundo. ¡Éste era el tipo de periódico que iba conmigo! Al pensar en Winni sentado en su oscuro sótano, se dibujó en mi cara una sonrisa.

Tras el mostrador de recepción había una belleza rubia. Con paso firme y expresión decidida me dirigí hacia ella. Mis colaboradores me siguieron.

Antes de que pudiera decir nada, la rubia nos mostró algo por delante del mostrador.

—¿Globos y Chupa Chups gigantes? —exclamé indignado—. ¡Usted debe de confundirnos!

La belleza arqueó sus depiladas cejas.

—¿No habéis venido por los regalos de promoción? Los niños siempre vienen por nuestros regalos de promoción. Esto es todo lo que nos queda. Los llaveros ya se nos han acabado.

Necesité un momento hasta que volví a recobrar la compostura.

—¡Escuche, señorita! Nosotros somos reporteros y hemos...

—¿Que sois qué? —me interrumpió la dragona rubia—. Vosotros sois niños, y unos niños bastante raritos. Lleváis un perro bastante feo y uno de vosotros sujeta un sonajero de bebé en la mano. De modo que coged los globos y los Chupa Chups. ¡Y no hay más que hablar!

—¡Eh, tía, eh! ¡Que Precioso no es feo! Y esto es un regalo para la señora Sulte-Stratmann.

—¡Cierto! —dije yo buscando en mis bolsillos el manoseado trozo de papel.

Por desgracia sin éxito. Con las prisas debí de dejármelo olvidado en casa. Una razón más para enfadarme con Nicole, aunque sólo fuera culpable indirectamente.

—¿Entonces qué? —preguntó la peripuesta recepcionista con ese maquillaje tan insoportablemente hortera—. ¿Entonces qué? ¿Queréis los regalos o no?

Antes de que yo pudiera protestar enérgicamente, Estefi tomó la palabra:

—Somos de la revista escolar. Winni, el Redactor Jefe, le ha dado a mi amigo una especie de carné, pero por desgracia lo ha...

—¿Winni? —exclamó la recepcionista—. ¿Conocéis a Winni? ¿Por qué no me lo habéis dicho antes? Él viene mucho por aquí. Incluso hizo sus prácticas con nosotros.

—¿Significa eso que podemos utilizar su archivo? —preguntó Estefi.

—Bueno —contestó la señorita de la recepción tras un escueto titubeo—. Está bien.

Luego nos acompañó a una sala en la que había toda una hilera de ordenadores e incluso nos enseñó a utilizarlos. Mientras lo hacía me di cuenta de que en realidad su maquillaje no era tan hortera.

Nos sentamos ante una de las pantallas, yo saqué mi cuaderno de notas, Fede colocó su sonajero sobre la mesa y subió a Precioso a su regazo. A mí me pareció bien, así al menos lo tendríamos bajo control.

—¡Eh, tíos, eh! Vamos a empezar de una vez —gruñó Fede—. Que si no, no nos va a dar tiempo de ir a ver a la señora Sulte-Stratmann.

—¿Y qué debemos buscar? —preguntó Rabanito

—Primero vamos a introducir los nombres de nuestros profesores —propuse.

—A por manchas oscuras de su pasado —dijo Estefi.

—¡Tú lo has dicho!

Al principio, el resultado fue más que decepcionante. Debido, en primer lugar, a que no es tan sencillo encontrar el artículo adecuado. Al fin y al cabo hay mucha gente que se apellida «Schlüter», por ejemplo. Sin embargo, alguna que otra cosa sí que sacamos a la luz, aunque los artículos cortos del apartado local del periódico resultaron poco reveladores e intrigantes. Pero, sobre todo, nada tenían que ver con casos criminales u otras oscuras actividades. De esta forma pudimos leer repetidas veces que «Gran Siggi» había dado un concierto de tuba con su familia en una residencia de ancianos y en una iglesia. También encontramos información de la señora Rotkehl y su coro femenino llamado «Los alegres ruiseñores».

Cuando introduje el nombre de «Sulte-Stratmann», Fede empezó a moverse inquieto en su silla mirando el reloj.

—¡Eh, tíos, eh! ¿Podemos dejarlo ya? ¡Si esto no nos va a llevar a ninguna parte!

—¡De eso ni hablar! —le llamé al orden—. No vamos a hacer una excepción con la señora Sulte-Stratmann.

Sobre la profesora preferida de Fede sólo había un artículo en el periódico. Pero incluía una foto. La mostraba después de un campeonato de atletismo que por lo visto había ganado. Al aparecer la foto en pantalla, escuchamos un suave suspiro de Fede.

—Ya sólo falta «el guapo de Gerardo» —dijo Estefi—. Yo también empiezo a estar un poco harta. Además, no estamos encontrando nada.

Y sólo era el comienzo, porque había más «Brinkmann» que «Schlüter», pero al final dimos con algo interesante. Aunque el artículo tenía más de veinte años, y tampoco nos hizo avanzar demasiado.

La foto mostraba a nuestro profesor de Mates mucho más joven y también más guapo. El titular del artículo correspondiente decía lo siguiente: *¡Estudiante gana el campeonato de ganchillo rápido!* Y debajo pudimos leer que el señor Brinkmann practicaba ese extraordinario pasatiempo desde su más tierna infancia.

—Ganchillo rápido —murmuró Estefi—. Nunca me lo hubiera imaginado.

—¡Eh, tíos, eh! Yo ni siquiera sabía que existía. Nunca nos ha contado nada sobre ello.

—Seguramente le dará corte —opinó Rabanito.

—En ese caso, el esfuerzo habrá merecido la pena —dije yo.

—¿Y eso por qué? —preguntó Estefi.

—¡Está claro! Si se avergüenza de ello, podemos utilizarlo en su contra.

—¿Pretendes que le chantajeemos, o qué?

—preguntó Rabanito—. Acaso quieres que le amenace: «si me vuelve a poner un suspenso en Mates, les contaré a todos que usted fue campeón de la ciudad en ganchillo rápido».

—Hombre, así no. Pero seguro que en algún momento se nos presenta la oportunidad y esa información nos es de gran utilidad.

—Eso no te lo crees ni tú —contestó Estefi.

No les hice caso y anoté esa interesante información en mi cuaderno, también saqué una foto de la pantalla en la que se veía el artículo periodístico.

—¿Entonces podemos ir de una vez a ver a la señora Sulte-Stratmann?

—¡Un momento, Fede! ¡No tan deprisa! —detuve a nuestro experto canino—. Sólo falta una palabra más por introducir, en realidad la más interesante: «¡Rizos de Plata!».

—Seguro que tampoco encontramos nada —refunfuñó Fede.

No me dejé alterar por las protestas de Fede e introduje el nombre que el comisario Stecker y su colega habían mencionado.

Casi al mismo tiempo apareció en la pantalla un artículo, pero era muy corto y sin foto.

—¡No me lo puedo creer, pues sí que hay algo! —exclamó Rabanito.

Estefi leyó el artículo en voz alta:

—*El juez no se mostró compasivo con S. Henselmann. Dictaminó con firmeza y sin lugar a dudas que el robo del puesto del mercado había sido responsabilidad absoluta de Rizos de Plata. El vil hurto de veinte salchichas vienesas y de un muslo de pollo también le fue atribuido. Según el juez, el especial agravante en este caso había sido el hecho de que se tratara de una reincidencia de los actos. El juez dictó el correspondiente castigo.*

—Esto sí que es gordo —se me escapó mientras me anotaba los detalles más significativos del artículo—. ¡Ese tipo tiene antecedentes! ¡Por hurto! ¡Todo cuadra!

—¡Eh, tío, eh! Pero no por robo de coches.

—Pues no, sólo por robar salchichas y un muslo de pollo —dijo Estefi.

—Pero es reincidente —contrapuse yo—. Eso ya dice bastante. Quién sabe, a lo mejor, roba todo lo que se le pone por delante.

—¿Y quién es ese S. Henselmann? —preguntó Rabanito.

—Probablemente el nombre verdadero de Rizos de Plata. Los delincuentes se suelen poner esa clase de motes.

—Claro —dijo Estefi—. Como por ejemplo: Ede el revientacajas o Willi la comadreja.

Apagué el ordenador.

—¿Tenías que soltar alguno de tus estúpidos chistes, verdad? Pero aunque te pese es una buena pista.

Fede cogió su sonajero.

—¡Y ahora me voy a ver a la señora Sulte-Stratmann! ¡Vosotros haced lo que queráis!

Debo reconocer que, cuando pasamos por delante de la simpática recepcionista para salir del edificio del periódico, estaba bastante satisfecho de nuestros resultados.

Fede volvía a llevar a Precioso bajo el bazo y con la otra mano sostenía con fuerza el regalo para la señora Sulte-Stratmann.

—¿Por qué corres tanto? —preguntó Estefi.

—¡Eh, tía, eh! ¡No sabemos cuál es el horario de visitas del hospital!

La preocupación de Fede fue innecesaria. Aún se podía visitar a los enfermos, al menos a la mayoría.

—El perro tiene que quedarse fuera —dijo una recepcionista que ni era rubia ni estaba maquillada, pero que daba la impresión de que no iba a permitir negociación alguna.

Aun así Fede lo intentó.

—¡Eh, tía, eh! ¡Precioso es superbueno!

Yo no compartía esa opinión,

pero no dije nada. A esas alturas, nuestro experto canino ya estaba con los nervios destrozados. Eso saltaba a la vista, porque no hacía más que agitar el sonajero, lo que parecía un poco extraño.

—No digo que no —dijo la mujer sin maquillaje—, pero los perros no pueden entrar aquí y menos aún a la planta de los recién nacidos.

—¡Planta de recién nacidos! —exclamó Fede con voz atropellada—. ¿Quiere eso decir que el bebé de la señora Sulte-Stratmann ya ha nacido?

—Como no sé quién es la señora Sulte-Stratmann, no puedo decirte si ya ha tenido a su bebé —contestó la recepcionista, con voz peligrosamente baja.

—¡Eh, tía, eh! ¿Que no conoce usted a la señora Sulte-Stratmann? ¡Pero si es nuestra profesora!

Tuve que intervenir antes de que Fede se desmayara. De forma tranquilizadora le puse la mano sobre el hombro.

—Déjalo, Fede. Aparcaremos a Precioso delante de la puerta de entrada. Se las apañará sin nosotros durante un rato.

—Pero a la señora Sulte-Stratmann seguro que le hará...

—¡El perro se queda fuera! —le cortó la recepcionista desmaquillada a Fede.

Eso por fin le hizo razonar. Se fue con nuestro despeluchado perro a la calle y volvió poco después tras una descorazonadora escena de despedida.

—¡Eh, tíos, eh! Ojalá no lo robe nadie.

—Vamos..., eso no te lo crees ni tú —dijo Estefi sin más.

La recepcionista nos indicó el número de habitación de nuestra profesora y nos pusimos en marcha. Para ser exactos corrimos tras Fede y su sonajero.

—Ojalá se encuentre bien. Ojalá se encuentre bien —le oímos murmurar en voz baja.

Titular 7: ¡Indefensa profesora timada por un delincuente desalmado!

La preocupación de Fede era infundada. La señora Sulte-Stratmann estaba tumbada en su cama, leía un libro y parecía bastante satisfecha. Cuando nos vio aparecer por la puerta el libro se le escurrió de las manos, cayendo con gran estruendo al suelo. Fede se lanzó a por él y se lo devolvió.

—¡Eh, tía, eh! Quiero decir, buenas tardes, señora Sulte-Stratmann. Queríamos darle una sorpresa.

La señora Sulte-Stratmann dejó el libro sobre la mesilla y sonrió un poco.

—Pues lo habéis conseguido.

—¿Se encuentra usted bien? —preguntó Fede, con la voz un poco temblorosa.

—Sí, gracias. Lo normal en estas circunstancias.

—¿Y el bebé? —siguió preguntando Fede.

—Él también está bien, en la medida que se puede decir.

—Entonces, ¿los dos están bien?

—Sí.

—¿De verdad?

—Seguro.

—Pero, entonces, ¿por qué está usted en el hospital?

—¡Fede! —me increpó Estefi—. ¡Deja ya de taladrar a la señora Sulte-Stratmann con tus preguntas!

Enseguida supe a qué se refería Estefi. La señora Sulte-Stratmann es conocida en el colegio porque no le gusta nada que se metan en su vida privada.

—¡Eh, tía, eh! ¡Pero si no lo hago!

—¡Está bien! —dijo nuestra profesora de Biología riéndose, para mi sorpresa—. Quizá el nacimiento del bebé se adelante. Por eso estoy en el hospital, para prevenir.

—Si ya lo sabía yo —se me escapó.

La señora Sulte-Stratmann se me quedó mirando con las cejas arqueadas.

—Charly, ¿ya lo sabías? ¿Cómo?

—Eh..., quería decir..., que ya me lo imaginaba. Fede estaba tan nervioso y se preocupaba tanto que quise tranquilizarle.

—¡Eh, tío, eh!

—Fede, ¿no se te ha olvidado algo? —preguntó Rabanito señalando el sonajero que nuestro experto canino seguía agarrando fuertemente con la mano.

—¿Cómo?... ¡Ah, sí!... ¡Eh, esto es para usted, señora Sulte-Stratmann!

Nuestra profesora de Biología miró entonces el regalo de Fede, que éste le estaba sosteniendo bajo la nariz.

—¿Es para mí? —preguntó.

—¡Eh, tía, eh! ¡Sí! ¡Quiero decir, no, es para el bebé, naturalmente!

—Gracias —dijo la señora Sulte-Stratmann cogiendo el sonajero—. Aunque aún es un poco pronto para esto, pero os lo agradezco de todos modos. Sois muy amables.

—Ha sido idea mía —dijo Fede a media voz y se puso rojo como un tomate.

—¿Y cómo van las cosas en el colegio? —preguntó ella entonces—. ¿Ya se ha adaptado mi sustituta?

—Creo que sí —contestó Estefi—. Es más popular de lo que a ella a veces le gustaría —aunque no lo dijo sonriendo, vi claramente cómo le temblaban las comisuras de sus labios.

—Sí, ya sé a qué te refieres —dijo la señora Sulte-Stratmann.

La cabeza de Fede volvió a tomar el color de un tomate maduro.

—¿Y hay alguna otra novedad?

Había llegado mi hora.

—Se ha producido un crimen —le expliqué a mi profesora con tono muy profesional.

—No me digas —dijo ella sin más.

¿Había sido eso un suspiro?

—Han robado el coche de un policía —se me adelantó Estefi—. Del aparcamiento de los profesores del colegio. Se dejó las llaves puestas, porque Charly…

—A la señora Sulte-Stratmann no le interesan los detalles —dije, interrumpiendo a mi parlanchina colaboradora.

—¡El robo de un coche! —exclamó la señora Sulte-Stratmann—. Qué asunto tan desagradable. No quiero ni pensar en…

—¿Es que a usted también le han robado alguna vez el coche? —preguntó Rabanito quitándome la pregunta de la boca.

Pero eso me brindó la oportunidad de sacar mi cuaderno de notas.

—En realidad no debería contároslo, pero ya que habéis venido a visitarme… Hace unos años compré un coche de segunda mano. Más tarde resultó que se trataba de un coche robado.

—¿Encontraron al ladrón? —pregunté.

—No, ese tal Karowski, me refiero al vendedor de coches usados, no sabía que era robado, al menos eso es lo que me dijo.

—¿No hubo ninguna pista que les condujera hasta el ladrón? Huellas dactilares o testigos, o...

—¡Charly, por favor! —suspiró la señora Sulte-Stratmann—. De verdad, no quiero seguir hablando sobre ello. Creo que ya os he contado más de la cuenta.

—Pero sería interesante...

—¡Eh, tío, eh! ¿Es que no lo has oído? ¡Que no quiere! —me interrumpió Fede.

—Gracias, Fede —dijo la señora Sulte-Stratmann sonriéndole, lo que produjo que la cabeza de nuestro experto canino pareciera que fuera a explotar—. Lo cierto es que empiezo a estar un poco cansada —añadió finalmente.

—Está bien, señora Sulte-Stratmann —dijo Fede al instante—. ¡Nos vamos! Pero volveremos pronto a visitarla de nuevo.

—Sí..., claro..., encantada.

—¿Por qué has cedido tan pronto? —le increpé a Fede, mientras observaba de qué manera él y Precioso se saludaban delante del hospital, como si no se hubieran visto desde hacía semanas.

—¡Eh, tío, eh! En su estado no le conviene ponerse nerviosa y ya sabes cómo se altera cuando le preguntan por asuntos privados.

—De todos modos, a mí hasta me extraña que nos lo haya contado —dijo Rabanito.

Estefi se encogió de hombros.

—Seguramente se le ha escapado... Además, incluso parecía haberse alegrado con nuestra visita.

—¡Pero más aún se ha alegrado de mi regalo! —dijo Fede radiante.

—De todos modos ha sido una información muy interesante —afirmé.

Durante el camino de vuelta, me preguntaba cómo podía aprovechar «el caso Sulte-Stratmann». Hasta ahora estaba dando por hecho que los profesores pertenecían al círculo de los sospechosos. Pero, sin pretenderlo, la señora Sulte-Stratmann me había alertado sobre otra posibilidad: ¡los profesores también podían ser las víctimas!

Me pasé toda la tarde meditando sobre cómo

podía averiguar qué otros profesores habían tenido experiencias con coches robados. Cuando por fin conseguí trazar un plan ya era bastante tarde.

Por eso a la mañana siguiente estaba cansado y tenía sueño. Ésta había sido ya la segunda noche que había dormido poco. De buena gana me habría quedado en la cama, pero reuní todas mis fuerzas y me levanté. Al fin y al cabo me esperaba un montón de trabajo en el colegio.

A primera hora teníamos Música con la señora Rotkehl. Ella nos tocó una pieza musical. Algo clásico con violines. ¡Muy relajante! Me recliné hacia detrás, cerré los ojos y repasé nuevamente, paso a paso, mi plan. Además, se me ocurrió que podía escribir un artículo para la revista del periódico: *¡Indefensa profesora timada por un delincuente desalmado!* Un artículo dirigido a todos los profesores, para que a la hora de comprar un coche estuvieran más atentos, ...más atentos..., ...más despiertos..., ...despiertos...

—¿Charly? ¿Estás despierto? ¡No me lo puedo

creer! ¡Estás durmiendo! ¡Durmiendo durante la hora de mi clase!

¿Había mencionado ya que nuestra profesora de Música tiene una voz extremadamente penetrante? Algunos alumnos afirman que incluso es capaz de hacer estallar el cristal sin ningún problema. Probablemente fue ese tono tan agudo el que me hizo sobresaltarme.

—¡Muy despierto! ¡No compre nunca un coche robado!

Cuando volví en mí estaba rodeado por las divertidas caras de mis compañeros, y cara a cara con mi profesora de Música.

—¿Qué? ¿Te aburre mi clase? —chilló en mis oídos.

—¡Sí! ¡No! Quiero decir, ¡estaba pensando!

—¡Creo que más bien estabas soñando! Voy a tener que hablar con tus padres. Tendrán que controlar mejor a qué hora te vas a la cama.

—¡Sí, claro, señora Rotkehl! ¡Siempre a su disposición! —solté.

Por suerte, ella zanjó el tema.

Pero Estefi, no.

—Duérmete niño, duérmete ya —cantó en voz baja durante el camino de regreso de la sala de música a nuestra clase.

Eso es lo que ocurre cuando uno se pasa media noche trabajando para sus colaboradores.

Realmente, el día no había comenzado muy bien, pero aún estábamos a tiempo de corregir esa tendencia, por así decirlo.

En un principio, sin embargo, pensé que nuevamente mi plan resultaría un fracaso, ya que nuestro profesor de Mates no apareció puntual a su clase.

Pero finalmente se abrió la puerta de nuestra aula, aunque de forma mucho más lenta de lo que estábamos acostumbrados con «el guapo de Gerardo».

No tardamos en ver el motivo. Se arrastró al interior de la clase a cámara lenta, andando con una postura encorvada que resultaba muy forzada y haciendo muecas de dolor con cada paso que daba. Enseguida até cabos: ¡la clase de natación! Mejor dicho, agujetas combinadas con planchazo desde la torre de tres metros.

«El guapo de Gerardo» se sentó gimiendo en su silla.

—Señor Brinkmann, ¿no se encuentra usted bien? —preguntó un descerebrado.

¿Cómo se podía ser tan tonto?

«El guapo de Gerardo» le clavó al instante al preguntón una penetrante mirada.

—Yo me encuentro estupendamente, amigo mío. Pero vamos a ver qué tal te encuentras tú en cuanto salgas a la pizarra y nos muestres si has entendido la lección que dimos durante la última clase.

Nadie se rió. Todos sabíamos que cualquiera podía ser la próxima víctima de nuestro profesor de Matemáticas, porque no tenía ningún sentido del humor, a no ser que fuera él mismo quien hacía el chiste. Así que la pobre víctima se dirigió hacia la pizarra, arrepintiéndose a cada paso de haber pronunciado tan desafortunada pregunta.

Yo tendría más cuidado, porque mi plan era utilizar la materia de la lección correspondiente para dirigir con habilidad la conversación hacia los coches robados. Como la materia de Matemáticas con «el guapo de Gerardo» consistía en problemas que nos iba dictando y que luego debíamos resolver en la pizarra, sólo tenía que esperar a que saliera un problema en el que poder incorporar hábilmente el tema «coche». Así que no iba a ser muy complicado, teniendo en cuenta que yo, además, dominaba la materia.

Después de dos «víctimas» más, llegó por fin el momento. El problema iba de dos corredores de maratón que habían iniciado la carrera a la vez. Sin embargo, uno de ellos tenía una ventaja en meta de 21,3 minutos. Había que calcular cuántos metros de ventaja tenía el ganador. ¡Un juego de niños! Alcé la mano.

—¡Eh, tío, eh! —me susurró Fede—. ¿Acaso quieres salir voluntariamente a la pizarra?

—Aprovecharé el problema para preguntarle acerca de los coches robados —dije informándole de mi plan.

—¿Estás seguro? —me susurró Estefi—. Hoy está de muy malhumor.

—Harías mejor en volverte invisible —dijo Rabanito en voz baja.

Las intenciones de mis colaboradores eran buenas, pero yo mantuve mi mano alzada. Al fin y al cabo, yo debía ser algo así como un ejemplo para ellos.

Por fin «el guapo de Gerardo» me vio:

—¡Un voluntario! ¡Qué bien! ¡Pues adelante, Charly!

Con los ojos cerrados, dibujé la solución en la pizarra.

—Si hubieran ido en coche, la distancia entre ellos habría sido aún mayor —dije mientras tanto.

—Pero van andando —corrigió mi profesor de Mates—. Por eso se llaman corredores de maratón y no conductores de maratón.

—Pero también podría ocurrir que no llegaran.

Por ejemplo, si condujeran un coche robado y la policía los pillara —seguí tensando la cuerda y subrayé el resultado dos veces.

Miré a mi profesor de Matemáticas con cara de interrogación y él me miró a mí, pero no con cara de interrogación. Para ser sincero no me gustaba nada su expresión.

—Charly —dijo con un tono prolongado—, ¿coche robado? ¿Qué tiene que ver eso con el problema?

—Nada, pero en el pasado una profesora de este colegio compró un coche robado. ¡Sin saberlo, claro! El tipo que se lo vendió se llamaba Karowski. ¿A usted también le ha ocurrido alguna vez?

—¡No, Charly! Eso todavía no me ha pasado. Pero a ti sí te ha pasado algo.

—No entiendo —dije sin faltar a la verdad.

—Ya..., eso es lo que me parecía a mí —contestó «el guapo de Gerardo» con una extraña sonrisa—. Sobre todo si me fijo en el resultado de tu problema. Has descubierto que tu ganador, al cambio, ha conseguido una ventaja de 294 kilómetros. Eso es aproximadamente cuatro veces más que el recorrido de la maratón. ¿Cómo te lo explicas?

—¿Tal vez porque ha corrido en la dirección equivocada? —contesté intentando salvar lo insalvable.

A mis compañeros de clase mi respuesta les pareció graciosa, por desgracia al «guapo de Gerardo», no. Con una nota extremadamente desagradable dejó que volviera a mi sitio.

—No será porque no te hemos avisado —dijo Estefi, metiendo el dedo en la llaga, ya en el patio después de la clase de Matemáticas.

—Todos los planes no pueden salir bien —me limité a decir.

Al mismo tiempo decidí cambiar un poco mi proceder.

—Sólo porque la señora Sulte-Stratmann le haya comprado un coche robado a ese tal Karowski, no tiene por qué haberles pasado lo mismo a otros profesores —dijo Rabanito.

—¡Eh, tío, eh! ¡Sobre todo no al «guapo de Gerardo»! —exclamó Fede—. Ése seguro que lo comprueba todo con lupa, igual que hace con los exámenes de Matemáticas.

Las críticas de mis colaboradores, poco a poco, me fueron crispando los nervios. Quería, no, tenía que demostrarles que yo no estaba equivocado. Inspeccioné el patio con la mirada. La señora Brisa y «Gran Siggi» estaban de servicio de vigilancia del recreo. Me decidí por la señora Brisa. No es que ella fuera una candidata fácil para someterla a una sesión de preguntas, pero nuestro tutor era mucho más duro de pelar.

—¡Prestad atención! ¡Así es cómo se hace! —dije sin más, y me encaminé hacia nuestra profesora sustituta.

Cuando ya me había acercado a escasos pasos de ella, fingí tropezar y, quejumbroso, me tiré al suelo.

La señora Brisa vino enseguida corriendo hacia mí y me ayudó a levantarme, tal como yo había planeado.

—¿Estás bien? ¿Te has hecho daño? —preguntó preocupada.

—Me he torcido el pie —dije apretando los labios y, como demostración, di unos pasos cojeando.

—En ese caso deberías ir a la sala de curas —su voz sonó un poco más preocupada aún.

Todo iba de maravilla.

—No, no será necesario —dije rápidamente—. Lo único que como luego tendré que ir del colegio a casa andando… Como todavía no tengo coche... ¿Usted tiene coche?

—¿Cómo? Eh, sí. ¿Por qué lo preguntas?

La conversación ya estaba encarrilada, ahora no debía aflojar.

—¿Nuevo o de segunda mano?

—De segunda mano…Pero ¿a qué viene tanta pregunta?

¡Así que de segunda mano! ¡Iba por el buen camino!

—¿Por casualidad no se lo habrá comprado usted a un tal Karowski? ¡Porque ese sujeto suele negociar con coches robados!

La señora Brisa se me quedó mirando con los ojos como platos. Luego únicamente movió la cabeza negativamente y se marchó. Por desgracia no había contestado a mi pregunta, aunque tampoco lo había negado.

—¡Charly! ¡Ven aquí un momento! —tronó el bajo de «Gran Siggi» por todo el patio.

Probablemente fue la todopoderosa voz de mi tutor la que me hizo olvidar mi cojera.

—Pues sí que te has recuperado pronto —dijo muy agudo.

—Sí. Eso parece. Ya ni me duele.

«Gran Siggi» se agachó hacia mí.

—La próxima vez que tengas un accidente, más te vale que lo tengas cerca de mí. ¿Lo has entendido?

Le aseguré a «Gran Siggi» que le había entendido perfectamente y volví un poco más rápido que de costumbre con mis colaboradores.

El comentario de Estefi no se hizo esperar:

—Conque así es cómo se hace, ¿eh?

—Criticar es fácil —le respondí.

—¿Y no sería mejor que intentáramos averiguar qué hay detrás de ese Rizos de Plata? Esto de los profesores no nos lleva a ninguna parte —propuso, para mi asombro, precisamente Rabanito.

Yo acepté de inmediato.

—No es mala idea. De todas formas, después de lo que hemos averiguado esta mañana, la señora Sulte-Stratmann es la única que ha tenido contacto con ese Karowski. Si os parece, hablaremos esta tarde de cómo vamos a proseguir con la investigación.

—¡Eh, Charly! —me llamó de repente Winni.

¿Por qué será que todo el mundo me llama a gritos desde la otra punta del patio del recreo?

—¿Qué pasa con el artículo del policía? —añadió.

¡Ups! ¡Se me había olvidado por completo!

—¡He tenido demasiadas cosas que hacer! ¡Lo tendrás más tarde!

—¡Eso espero!

Aproveché la oportunidad para hacer un último intento:

—¡Eh, Winni! —grité yo a través del patio del recreo para variar—. ¿Conoces a un tal Karowski?

—No —fue la inequívoca respuesta.

—¿Por qué se lo has preguntado? —quiso saber Fede.

—Sólo quería comprobar cómo reaccionaba. Quién sabe, tal vez se sobresaltaba o se quedaba pálido.

—¿Y? —preguntó Estefi—. ¿Acaso se ha sobresaltado o se ha puesto pálido?

—No.

—Entonces toca definitivamente Rizos de Plata —dijo Rabanito.

Titular 8: ¡Los acontecimientos que rodean a Rizos de Plata encauzados de forma dramática!

Aproveché el tiempo entre los deberes y la cita en el huerto para meditar sobre cómo actuar con la pista de Rizos de Plata.

Ese tipo no era ningún principiante. Eso había quedado muy claro en el artículo periodístico. Al parecer había sido condenado por hurto de un puesto en el mercado. ¡Así que tenía antecedentes criminales! Eso significaba que debíamos tener cuidado, ya que no sabíamos si Rizos de Plata podía ser un criminal violento. Así que lo mejor sería conseguir de algún modo su dirección y observarle durante un tiempo. Claro que aún no sabíamos qué aspecto tenía el misterioso sospechoso, pero seguro que eso también lo descubriríamos muy pronto.

Me puse en camino, para exponerles a mis colaboradores lo que había estado pensando.

Ya me estaban esperando. El cuadro que ofrecían era un tanto extraño: Fede estaba sentado delante de la caseta de Precioso, sostenía a nuestro perro en el regazo y miraba con cara apesadumbrada al infinito. Estefi y Rabanito estaban de pie a su lado y miraban con cara de pena hacia él.

—¿Fede, por qué miras con esa cara de alelado? —le pregunté—. ¿Precioso no tiene apetito, o qué?

—Déjalo en paz —dijo Rabanito—. Está preocupado.

—Por la señora Sulte-Stratmann —añadí enseguida.

—¡Eh, tío, eh! ¿Cómo lo sabes?

—Lo he adivinado. ¿Qué ha pasado ahora?

—Ha llamado al hospital —me contó Estefi.

—El bebé aún no ha nacido —continuó Rabanito.

—¿Y? ¿Cuál es el problema?

—¡Eh, tío, eh! ¡No se alegró!

—¿Cómo?

—Le he preguntado con toda amabilidad que

cómo se encontraban ella y el bebé. Y ella me ha dicho que estaban bien y que la dejara en paz.

La verdad es que era una buena oportunidad para que yo también soltara algún comentario malvado para variar, pero no pude. Aquella alma en pena sentada delante de la caseta de Precioso sólo me daba lástima.

—Seguro que estaba nerviosa —dije en cambio.

Estefi asintió con la cabeza.

—Eso es lo que también nosotros le hemos dicho.

—Ten en cuenta que es su primer bebé —añadió Rabanito.

—Cuando haya nacido y la señora Sulte-Stratmann vea lo contento que se pone con tu sonajero, todo volverá a estar bien —dije yo finalmente.

Con un profundo suspiro, Fede se levantó.

—Está bien. En ese caso ya me encuentro mejor.

La verdad es que no estaba convencido de ello, pero el tiempo se nos echaba encima y teníamos que volver a ocuparnos de nuestro caso.

—He estado pensando. Ese Rizos de Plata...

—Tenemos su dirección —me interrumpió Rabanito.

—¿Que tenéis qué?

—La dirección de Rizos de Plata —contestó Estefi—. La hemos buscado en la guía telefónica.

—¿Qué? ¡Sin mí! —exclamé.

—¿No te quejas siempre de que te tienes que ocupar de todo? —dijo Estefi—. Pues esta vez también hemos investigado nosotros un poco.

—¿Y? ¿Dónde vive nuestro hombre? —pregunté.

Francamente, estaba un poco decepcionado de que mis colaboradores me hubieran traicionado, por decirlo de algún modo.

—Mujer —contestó Estefi—. Rizos de Plata es una mujer.

—¿Cómo lo sabéis?

—Pues porque en la guía de teléfonos sólo hay un Henselmann, cuyo nombre de pila comience por S —contestó Rabanito.

—Y ésa es Sofía —concluyó Estefi.

—¿Y por qué no? —comentó Fede, que parecía haberse recuperado ya del disgusto—. ¡Quién dice que las mujeres no pueden robar coches también!

Contra eso no podía decir nada.

—En ese caso, vámonos y vigilemos a esa tal Sofía Henselmann.

—Pero si no sabemos qué aspecto tiene —replicó Rabanito.

—¡Eh, tíos, eh! A lo mejor tenemos suerte y vive en una casa unifamiliar.

La esperanza de Fede no se cumplió. La casa que correspondía a la dirección que Estefi y Rabanito habían encontrado tenía un interfono con doce nombres distintos. Por suerte, el de Sofía Henselmann estaba entre ellos.

—Es el primero empezando por abajo —dijo Rabanito.

—Planta baja. Algo es algo. Vayamos a observar las ventanas de la planta baja desde el otro lado de la calle —les propuse—. A lo mejor se asoma en algún momento y entonces sabremos qué aspecto tiene.

Como tantas otras veces, también en esta ocasión, descubrimos que vigilar pisos francos, como solían llamarlos en las noticias, era una de las tareas más aburridas de la labor de un detective. Después de una hora ya había fotografiado la casa y las ventanas de la planta baja desde todos los ángulos posibles, pero no pasó nada más, si no tenemos en cuenta, claro, las protestas de mis colaboradores.

—¡Eh, tío, eh! ¿Cuánto tiempo vamos a tener que estar aquí? Seguro que Precioso ya vuelve a tener hambre.

—Pero si le acabas de dar de comer —le respondí—. ¿No te preocupa que pueda reventar algún día?

—El estómago de Precioso es como los agujeros negros del firmamento —dijo Estefi muy acertadamente—. Todo lo que entra en él desaparece para siempre.

Antes de que Fede pudiera protestar, Precioso saltó de sus brazos y se fue saltando, silbando y moviendo el rabo.

—¿Y ahora dónde se cree que va? ¡Tráelo de vuelta que si no nos van a descubrir!

En ese mismo instante vi la razón del comportamiento de Precioso. A poca distancia de nosotros había una señora mayor aireando una salchicha delante del hocico de Precioso. Cuando se trata de comida, Precioso demuestra, una y otra vez, una capacidad de reacción asombrosa. Con un elegante movimiento siguió a la salchicha y, visto y no visto, su agujero negro tuvo algo que hacer.

—¡Qué pequeñín tan divertido! —exclamó la señora—. ¡Pero está un poco demacrado! ¡Tenéis que darle mejor de comer!

—¡Eh, tía, eh! Eso digo yo.

Conocíamos a Precioso lo suficientemente bien

para saber que ya no habría forma de separarle de esa mujer, así que nos acercamos hasta ella.

—Ahora tenemos que abandonar nuestra posición por ese tragón —dije enfadado en voz baja.

—¿Qué es lo que le gusta? —nos preguntó la señora, cuando llegamos hasta ella.

—Sólo cosas sanas —contestó Fede.

—Cualquier cosa comestible —contestó Rabanito.

—Todo lo que quepa en su boca —contestó Estefi.

—Todo —contesté yo.

—Pues tengo algo muy bueno que le llenará —continuó diciendo la señora.

—¿Llena también agujeros negros? —preguntó Estefi en voz baja.

Por suerte la señora no la oyó, o al menos no le prestó atención.

—Si venís conmigo os daré un poco.

Recordé mi época de la guardería. Por aquel entonces mi madre me leía de vez en cuando el cuento de *Hansel y Gretel.*

—Mejor no —dije por ello.

La señora nos sonrió.

—No tengáis miedo.

Eso también aparecía en el cuento.

—Si lo preferís, podéis quedaros en la entrada. Yo vivo allí mismo —dijo señalando el piso franco.

—¡Eh, tíos, eh! Si es la...

Le propiné a Fede un codazo en el costado y al mismo tiempo dije:

—No hay problema.

No podíamos dejar escapar la oportunidad de entrar en la casa de Sofía Henselmann. Les eché una rápida mirada a mis colaboradores.

Precioso nos evitó la toma de decisión. Salió corriendo hacia la casa que habíamos estado vigilando todo el rato.

—¡Parece que lo ha entendido! —se alegró la señora.

—¡Eh, tía, eh! ¡Precioso lo entiende todo!

Preferí no añadir ningún comentario más. Al fin y al cabo no quería hacer peligrar nuestra misión.

—¿Por un casual se apellida usted Henselmann?

—preguntó Rabanito de repente, mientras la señora abría la puerta de la entrada.

La señora miró sorprendida a Rabanito.

—Sí. ¿Cómo lo sabes?

—Eh, ...lo he adivinado.

—Es el nombre que pone en el interfono —dijo Estefi, echándole una mirada recriminatoria a Rabanito—. Y él pensó que usted tal vez tiene problemas para subir las escaleras. Y que por eso vive en la planta baja.

—¡Vaya, pues sí que sois listos! —se rió la señora Henselmann, alias Rizos de Plata—. Bueno, pues si ya habéis descubierto cómo me llamo, también podéis entrar conmigo, ¿no?

Estefi, Rabanito, Fede y yo nos miramos, pero Precioso volvió a ser más rápido. La puerta no había hecho más que abrirse un poco, cuando ya se había colado dentro y empezó a saltar, silbando y ladrando ante la puerta de uno de los pisos.

—Este pequeño es asombroso —dijo la señora Henselmann—. ¡Ésa es la puerta de mi piso!

—Sigue el rastro de la comida —dijo Estefi.

Sofía Henselmann abrió la puerta y Precioso desapareció tras ella.

—Bueno, adelante —dijo Sofía Rizos de Plata sonriendo.

Yo titubeé un instante, pero a continuación tanto mis colaboradores como yo seguimos a nuestro perro.

¿Qué podía pasar? Al fin y al cabo éramos cuatro y el cuento de *Hansel y Gretel* tenía un final feliz.

El piso estaba bastante oscuro y también olía un poco a cerrado. Aun así disimuladamente saqué un par de fotos esperando que la luz fuera suficiente. Desde alguna parte escuchamos unos silbidos.

—¡Eh, tíos, eh! ¡Ése es Precioso!

—¿Así es cómo se llama vuestro perro? —nos preguntó la señora Henselmann—. Qué nombre tan bonito. Creo que está en la cocina.

Mi madre tiene dos actividades preferidas: limpiar y recoger. Por cierto, Nicole lo ha heredado de ella. Siempre me está dando la paliza con que mi habitación parece la cueva de Ali Babá, un campo de batalla, o un estercolero. Debería haber visto esa cocina: era el estercolero de la cueva de Ali Babá, además de un campo de batalla.

Para nuestro perro, aquel caos era perfecto. Su rabo giraba como una hélice y la mella de su dentadura estaba a pleno rendimiento.

De repente la señora Henselmann sostuvo en sus manos una olla y a continuación la destapó. El pestazo que acto seguido emanó de ella hizo que me entraran náuseas. Noté que mis colaboradores también se estaban quedando pálidos.

Rizos de Plata Henselmann depositó la olla con la masa apestosa en el suelo. Nuestro perro se abalanzó sobre ella de un salto, desapareciendo casi en su interior. Prácticamente al mismo tiempo empezamos a escuchar los ya tan familiares ruidos de masticación.

—Le gusta —dijo la señora Henselmann contenta.

—Eso no es nada nuevo —dije escuetamente.

La nueva amiga de Precioso miraba satisfecha hacia lo que todavía asomaba de nuestro perro de la olla. Precioso era seguramente el primer ser viviente que ingería de forma voluntaria aquella apestosidad.

—Es una receta secreta. Si queréis os la apunto.

—¡No gracias! —exclamamos Estefi, Rabanito, Fede y yo casi al unísono.

Iba siendo hora de conducir la conversación a nuestro verdadero cometido, porque, por una parte, nuestra sospechosa parecía estar de buen humor, y por otra, yo no sabía cuánto tiempo más iba a poder aguantar aquel mal olor.

—¿La llaman Rizos de Plata por el color de su cabello? —pregunté sintiendo cómo aumentaba la tensión entre mis colaboradores.

La señora Henselmann me miró con cara inquisidora.

—¿Mi color de cabello? Pero si mi pelo está teñido de negro. ¿Cómo es que habéis oído hablar de Rizos de Plata?

—¡Lo hemos leído! —dijo Estefi—, ¡en el periódico! —añadió, lanzándome una mirada fustigadora.

Tal vez ella opinaba que había entrado demasiado a saco en el tema, pero el tiempo apremiaba y mis sentidos estaban a punto de desvanecerse.

—¿En serio? —preguntó la señora Henselmann—. ¿Y todavía os acordáis de aquello?

—Sí, es que somos muy listos —dijo Estefi—. Usted misma lo dijo.

—Sí, es cierto —contestó la sospechosa riéndose—. Lo de Rizos de Plata fue un asunto muy desagradable. Pero él siempre vuelve a hacer cosas así.

Ajá. De modo que era un delincuente habitual. Yo me apunté aquella información.

—¿Entonces, vive aquí? —le pregunté.

La señora Henselmann me volvió a mirar con cara de asombro.

—Claro. ¿Dónde iba a vivir si no? Aunque el juez dijo que lo llevara a una casa de acogida, pero eso me rompería el corazón.

—¿Y ahora está aquí? —preguntó Rabanito mirando asustado a su alrededor.

—¡No! ¡Ése es precisamente el problema! La policía lleva varios días buscándolo.

Eso ya lo sabíamos, pero aun así lo volví a anotar, por si acaso.

—Pero, afortunadamente, por fin lo han encontrado, y lo van a traer aquí —continuó contando la señora Henselmann.

Rabanito se encogió y noté que de buena gana habría salido huyendo de allí. Pero yo no quería dejar pasar la oportunidad de verme cara a cara con ese Rizos de Plata.

—¿Le traerán ahora mismo o aún tienen que interrogarle? —le pregunté.

—¿Interrogar? —exclamó Sofía Henselmann indignada—. Pero ¡cómo se te ocurre! ¡No! El policía dijo que me lo traería esta misma tarde. Por eso me había ido a comprar un par de salchichas. Son las que más le gustan. Desgraciadamente no le gusta nada de lo que yo cocino. Debería ver lo a gusto que se lo come vuestro perro.

—¿Eso es lo que le da para comer? —exclamó Estefi.

Vi claramente que estaba disimulando las ganas de vomitar.

—Por supuesto. Es muy sano, está bueno y sacia estupendamente.

Miré hacia Precioso. Éste ya se había zampado toda la apestosa pasta. Estaba tumbado al lado de la olla y miraba con los ojos medio cerrados a su benefactora. Si ese estado duraba más de media hora, tal vez sí que sería recomendable anotarnos la receta.

—¿Y por qué le buscaba la policía? —continué yo con mi interrogatorio—. ¿Había... huido?

—Hombre, huido quizá no sea la palabra apropiada —explicó la señora Henselmann titubeando—. Simplemente se ha escapado... y, por desgracia, ha vuelto a devastar una carnicería.

Anoté que el delincuente Rizos de Plata, por lo visto, se había escapado de la cárcel y en su huida había vuelto a cometer un robo.

—¿Y por qué lo trae la policía aquí? —le pregunté entonces.

—Pues porque vive aquí.

—¿Pero es que ya ha cumplido su condena?

—¿Cómo?

—Como destrozó un puesto de mercado… —dijo Rabanito echándome un cable.

—Y robó salchichas y un muslo de pollo… —añadió Estefi.

—Pero por eso sólo le pusieron una multa, ¡y la pagué yo!

—¡Eh, tía, eh! Le quiere usted mucho, ¿verdad?

—¡Desde luego! —suspiró la señora de Rizos de Plata.

—¿Acaso es su hijo…, o su marido? —continué insistiendo.

—¿Cómo dices? —exclamó Sofía Henselmann indignada—. ¿Pero qué tonterías estáis diciendo?

Era evidente que pretendía proteger a Rizos de Plata. Tal vez intuía que estábamos investigando un asunto en el que podría inculparse a Rizos de Plata.

Así que iba siendo hora de sacar el tema del coche de policía robado:

—¿Sabe usted si tiene el carné de conducir? O ¿le ha visto usted últimamente con un coche que no le pertenece?

—¡Bueno, ya es suficiente! —exclamó la señora Henselmann tan alto que, asustado, di un paso hacia atrás—. ¿Se puede saber de quién estás hablando?

—De... Rizos de Plata —contesté titubeando.

De repente me había venido un pensamiento terrible. ¿Podrían, ella y Rizos de Plata, ser cómplices? ¿O una pareja de gánsteres como Bonnie & Clyde? ¿Había puesto en peligro con mi interrogatorio a mis colaboradores y a mí mismo?

—Creo que deberíamos irnos —dije—. Seguro que usted quiere estar a solas con Rizos de Plata.

—¡Seguro! —exclamó Rabanito.

—¡Nosotros nos largamos! —exclamó Fede.

—¡Como aquel que dice ya nos hemos ido! —exclamó Estefi.

—No, no —contestó la señora Henselmann en tono severo—. ¡Ahora quiero saber exactamente qué tienen que ver esas extrañas preguntas con mi Rizos de Plata!

Con una rápida mirada inspeccioné las posibles vías de escape. Sólo había una, y estaba taponada por la señora Henselmann.

El timbre de la puerta nos salvó. La cómplice del delincuente habitual Rizos de Plata nos miró, y luego, afortunadamente, desapareció para abrir la puerta.

—Vámonos corriendo de aquí —me susurró Rabanito—. Ésa me da mala espina.

—¡Eh, tíos, eh! A mí también.

—¡Además, aquí huele que apesta! —añadió Estefi.

—Sí, pero ¿cómo vamos a escapar? —respondí—. ¿Saltando por la ventana?

Mis colaboradores ya no tuvieron ocasión de contestarme. La señora Henselmann volvió a entrar en la caótica cocina acompañada por un policía uniformado. Y el policía traía a alguien.

—¿Lo veis? Éste es Rizos de Plata —dijo la señora Henselmann.

Titular 9: ¡El robo del coche del policía da un giro inesperado!

—¡No me lo puedo creer! —exclamó Estefi—. ¡Pero si es un perro!

—Pues claro, ¿qué creíais que era? —preguntó la señora Henselmann

—Pues..., eh..., en realidad..., no sé —debo reconocer que me sentí un poco fuera de juego.

El policía entró en la habitación con un perro atado a una correa. Aunque la verdad es que aquel bicho gigante más bien parecía una mula disfrazada de perro. Su pelaje tenía un brillo plateado. De ahí seguramente venía su nombre.

—¿Qué es a lo que huele aquí tan... extraño? —preguntó el policía.

Su cara parecía estar adquiriendo el color azul de su uniforme.

—Es sano y llena —dijo Estefi escuetamente.

Precioso parecía estar completamente satisfecho, porque en un primer momento ni se había percatado de la presencia de su igual. Pero, de repente, se sobresaltó y se puso en pie de un brinco. Bueno, en realidad rodó de lado sobre sus pies, intentando ladrar, pero sólo le salió una especie de tos, seguida de un fuerte eructo. Aunque eso bastó para provocar en Rizos de Plata una reacción. Aquel perro gigante, que hubiera podido zamparse a nuestro Precioso de un solo bocado, empezó a lloriquear y se escondió tras la señora Henselmann.

—¡Dios mío! —exclamó ella—. ¡Se me había olvidado por completo! ¡Mi dulce osito de peluche tiene miedo a los perros pequeños! A lo mejor sí que es buena idea que os vayáis ya.

No hizo falta que nos lo repitiera dos veces. Fede cogió a Precioso con gran esfuerzo en

sus brazos y nosotros salimos escopeteados a respirar aire fresco.

—¿Me permite que yo también me retire? —le escuché preguntar al policía tras de mí, con un tono casi de súplica.

Cuando nosotros ya estábamos en la calle, el policía nos adelantó corriendo y respirando ansioso el aire fresco del exterior.

—¡Dios mío! —exclamó—. Pero ¿cómo habéis podido aguantar esa peste de ahí dentro?

—Estamos curados de espanto —contesté.

Pero, sin embargo, hicimos el camino de vuelta con las piernas algo temblorosas. Estefi no hacía más que olfatear su chaqueta y lamentarse de que no iba a poder desprenderse de aquel olor tan horrendo en semanas, mientras que Fede casi no podía ni andar debido al sobrepeso de Precioso.

—¡Pues déjalo que ande! —le increpé.

—¡Eh, tío, eh! ¡Si no puede!

—No me extraña que Rizos de Plata no haga más que robar en carnicerías y puestos de mercado

—opinó Estefi—. La señora ya le podría dar de comer a su osito de peluche algo en condiciones. Seguro que así no lo volvería a hacer. Porque sólo hay un tragalotodo como Precioso.

—Si queréis podemos volver e intercambiarlos —propuse.

—¡Eh, tío, eh! ¿Estás chiflado o qué?

—Lo único cierto es que esa pista ha sido un callejón sin salida —dijo Rabanito cambiando de tema, como hace siempre que ve que Fede y yo vamos a discutir.

—Eso parece —dije suspirando, y tachando todas las anotaciones que había escrito en casa de la señora Henselmann.

—¡Eh, tíos, eh! Pero el señor Stecker y el señor Lau hablaron de Rizos de Plata.

—Probablemente temían que fuera a volver a atacar una carnicería o a devastar un puesto de mercado —dijo Estefi.

Rabanito movió la cabeza negativamente:

—Aun así daba la impresión de que ese Rizos de Plata tenía algo que ver con el robo del coche.

De repente me vino una terrible sospecha a la cabeza:

—¿Creéis que esos dos nos han engañado? ¿Os acordáis de la mirada que se lanzaron? ¡Seguro que significaba algo!

—Probablemente —contestó Estefi—. Por ejemplo: déjales que persigan a Rizos de Plata. Así nosotros podremos ocuparnos tranquilamente del coche.

—¡Pero eso no sería muy profesional!

—Tal vez lo mejor es que dejemos este caso en manos de la policía —dijo Estefi—. La verdad es que es una pena. Me hubiera gustado encontrar el coche del señor Lau.

De pronto comprendí por qué Estefi no protestaba tanto ni hacía los comentarios sarcásticos a los que nos tenía acostumbrados.

Mis colaboradores también parecían haberlo entendido.

—¿Crees que el señor Lau te lo habría agradecido? —preguntó Rabanito con cara de no haber roto un plato en su vida.

—Lindi, la-la-la-la, Lindi —cantó Estefi en voz baja.

—¡Ja, ja! ¿Cuánto tiempo vas a estar restregándomelo por la cara? —se enfadó Rabanito.

—¡Eh, tíos, eh! A mí tampoco me parece bien que tiremos la toalla ahora.

—¿Tirar la toalla? ¡Eso ni lo pienses! —dije yo—. Además, aún tenemos otra pista: ¡Karowski!

Encontrar el nombre de Karowski en el listín telefónico no fue ningún problema. Bajo el enunciado de «Compraventa de automóviles Heriberto Karowski» encontramos nada menos que cinco números de teléfonos distintos, todos ellos con la misma dirección postal.

—Al parecer no quiere pasar desapercibido —observó Estefi.

Sin embargo, lo que encontramos más tarde en la dirección indicada no fue muy emocionante. La «Compraventa de automóviles Heriberto Karowski» se encontraba en la explanada de una antigua gasolinera que incluía un garaje y un taller. No parecía haber

hecho muchas reformas, aparte de colocar algunas banderas alrededor del terreno de la gasolinera, así como una valla muy bajita. En su interior se ofrecían toda clase de coches, que si bien brillaban como si alguien hubiera estado puliéndolos durante horas, a simple vista se veía que no se trataba precisamente de modelos recientes. En medio de los coches había una caravana. Tras una de las ventanas había colgado un letrero que decía «Oficina».

Aún estábamos algo indecisos postrados ante la destartalada valla, cuando la puerta de la caravana se abrió repentinamente y un hombre asomó la cabeza.

—¿Qué? ¿Acaso habéis venido a ver qué coche os vais a comprar dentro de unos años? —preguntó.

—¿Por qué? ¿Es que suelen permanecer tanto tiempo aquí? —respondió Estefi.

—¡Una niña muy chistosa! —respondió el hombre viniendo hacia nosotros—. ¡Eso me gusta!

—Ése parece que se aburre —me susurró Rabanito.

Yo me fijé entonces detenidamente en ese tipo. Llevaba un traje de corte clásico y zapatos impolutos. Normalmente, tipos así sólo se ven en los bancos. Tomé una foto y me anoté detalles sobre el negocio de compraventa del señor Karowski.

—En realidad no queríamos comprar ningún coche —comencé yo la conversación.

—¡Ya me lo imaginaba! —contestó el hombre riendo.

Cuanto más se acercaba a nosotros, más podíamos oler la nube de perfume que arrastraba consigo. Aunque era difícil distinguir si lo que olía así era la colonia o la gomina con la que se había untado copiosamente el pelo.

—¡Eh, tío, eh! —gimió Fede por lo bajo—. Si hasta la peste de la casa de la señor Henselmann era mejor que esto.

—¿Es usted el señor Karowski? —preguntó Estefi.

—¡Así es, señorita! —contestó el tipo señalando con aireado movimiento de brazo todo el terreno de la gasolinera—. ¡Éste es el reino de Karowski! ¡Coches de segunda mano de alta calidad para cualquier monedero y para cualquier gusto!

—¿De dónde consigue usted los coches? —pregunté, tal vez demasiado directo, porque el señor Karowski me miró enseguida con cara inquisidora.

—¿Por qué quieres saber eso?

Me acordé de nuestra visita a casa de la señora Henselmann y de que habíamos estado persiguiendo una pista falsa, precisamente por haber hecho las preguntas con demasiados rodeos.

Así que, esta vez, lo intenté de entrada con un ataque frontal:

—Le han robado un coche a un policía. En el aparcamiento de profesores del colegio.

Mis colaboradores se me quedaron mirando horrorizados. Claro que ellos no conocían mis pensamientos.

Pero entonces ocurrió lo que probablemente

ninguno de nosotros esperaba. El señor Karowski se echó a reír a carcajadas.

—¿Qué es lo que le hace tanta gracia? —preguntó Estefi.

—¡Algo he oído sobre eso! —contestó el señor Karowski, que seguía riéndose.

—¿Sobre el robo? —pregunté estupefacto—. ¿Cómo puede usted saberlo? En el periódico no ha aparecido la noticia. ¡Me lo he estudiado de cabo a rabo!

—Para eso no se necesita el periódico —dijo el comerciante de coches—. Esas cosas las cantan los pájaros de los tejados. Un madero..., eh, un policía que se deja robar el coche... ¡Eso no ocurre todos los días! ¡Cómo se puede ser tan tonto!

—Fueron circunstancias muy especiales —dijo Estefi mirándome de reojo.

No entré al trapo.

—Ya me lo imagino —dijo el señor Karowski.

Yo me alarmé.

—¿Acaso conoce usted los detalles? ¿Tal vez incluso sabe quién es el ladrón?

El señor Karowski se me acercó un poco más. La nube de olores me envolvió de lleno y, poco a poco, también yo echaba de menos la cocina de la señora Henselmann.

—Hijo —dijo en voz baja—, naturalmente que no lo sé. Yo no suelo tratar con delincuentes.

—¿Entonces, a qué se refería? —preguntó Rabanito.

Ahora le tocó a él estar bajo los olores del señor Karowski.

—Yo no creo que fuera una casualidad. El coche se lo llevó alguien muy consciente de lo que hacía.

De repente intuí lo que quería decir:

—¿Cree usted que alguien ha querido... vengarse de él?

—Hombre, eso, tal vez sea un poco exagerado. Pero esos policías no suelen tener muchos amigos. A lo mejor alguno de ellos le ha querido dar una lección, le ha estado vigilando y ha atacado cuando se le ha brindado la oportunidad.

—¡Eh, tío, eh! Ya lo creo que le brindaron la

oportunidad, porque el colaborador del comisario se había dejado la...

Una vez más tuve que propinarle a mi colaborador un codazo. Me habría gustado preguntarle al comunicativo comerciante de coches más cosas acerca de su teoría, pero, por desgracia, en ese momento apareció un tipo al otro lado de la gasolinera. Tenía pinta de haberse sacado hacía poco el permiso de conducir. Él y su novia estaban, con ojos chispeantes, junto a un despampanante deportivo, cuyas ruedas eran más anchas que los rodillos de una apisonadora.

El señor Karowski los había visto enseguida y se apresuró hacia ellos.

—¡Veo que los señores tienen un gusto muy distinguido! —iba diciendo mientras se dirigía hacia ellos.

—Creo que ya podemos irnos —dijo Estefi—. Éste va a estar ocupado un buen rato.

—¿Crees que tiene razón? —preguntó Rabanito de camino al huerto—. ¿Habrá sido alguien que quería darle una lección al señor Lau?

—Los policías tienen muchos enemigos —le contesté—. Por cierto, los detectives también.

—Tratándose del señor Lau, me cuesta creerlo —repuso Estefi.

Rabanito, Fede y yo nos miramos unos instantes, pero preferimos no decir nada.

—¡Eh, tíos, eh! A mí ese tipo me ha dado la impresión de que es un ladrón de coches.

Rabanito se estremeció.

—De ése yo también me creo cualquier cosa. Por mucho que vaya de simpático.

—Tenéis razón. Incluso lo veo capaz de cosas peores que tratar con coches robados. Tal vez deberíamos vigilarle un tiempo, al menos uno o dos días.

—¡Oh, no! —protestaron Rabanito y Fede.

—Si uno quiere resolver un caso, tiene que hacer sacrificios —dije únicamente.

—Yo tengo una idea mejor —dijo Estefi de repente—. Vamos a ir otra vez al periódico.

—¿A estas horas? —exclamé—. Ya es bastante tarde. Seguro que mis padres me están esperando para cenar.

Estefi me sonrió con sorna.

—Si uno quiere resolver un caso, tiene que hacer sacrificios.

A veces uno se ve vencido por sus propias armas.

—¿Para qué quieres ir al periódico? —le preguntó Rabanito.

—¡Eh, tío, eh! Pues está muy claro. ¡Quiere comprobar si hay algo en los archivos sobre ese Karowski!

Estefi sólo se quedó mirando a Fede, pero no dijo nada.

—¡Buena idea, Fede! ¡A lo mejor la señora Sulte-Stratmann no ha sido su única víctima! Es posible que ese tipo tan escurridizo haya embaucado a otras personas inocentes para que le compren coches robados.

Ahora Estefi me miró a mí, pero tampoco dijo nada.

Tuvimos suerte. La simpática recepcionista rubia con el discreto maquillaje estaba sentada en la recepción de la redacción del periódico. De nuevo disfruté del buen ambiente que se respiraba a mi alrededor.

—¡Charly! ¿Qué haces ahí contemplando las musarañas? —me reprendió Estefi—. ¿No decías que querías irte a cenar?

Aprecio mucho a mis colaboradores, pero a veces les falta la sensibilidad para reconocer estados anímicos insólitos.

Al parecer habíamos causado impresión a la señora de la recepción. Porque nos reconoció enseguida.

—Nos gustaría volver a utilizar su archivo —dijo Estefi cuando llegamos hasta ella.

Ella únicamente asintió y con un movimiento de mano nos dejó entrar.

—¡Eh, tíos, eh! —murmuró Fede en voz baja—. Qué pena. Los Chupa Chups no estaban nada mal.

No tardamos en volver a encontrar la sala con los numerosos ordenadores e introducir el nombre del charlatán y más que sospechoso comerciante de coches. De un plumazo apareció en la pantalla una lista de al menos veinte artículos.

—¡Lo sabía! —exclamé.

Pero me había alegrado demasiado pronto. Cuando revisamos los artículos a fondo, resultó que no se trataba de los informes que nosotros habíamos esperado.

—¡Eh, tíos, eh! ¡Si en todos pone casi lo mismo! —se enfadó Fede, después de que nos hubiéramos leído el quinto artículo periodístico sobre el negocio de compraventa de coches de Karowski.

Hace algunos meses, Heriberto Karowski debió de conseguir de algún modo el coche usado de una estrella de televisión. Después, al parecer, había intentado venderlo al mayor postor y por lo visto había conseguido que se escribieran algunos artículos sobre ello.

—Ya está —dijo Rabanito finalmente, cuando terminamos de repasar todos los artículos—. Nada sobre coches robados. Ya nos podemos ir a casa.

Estefi sonrió con picardía.

—No tan deprisa, hermanito. Ahora me toca a mí. Porque yo no he venido por ese escurridizo Karowski.

—¿Entonces? —le pregunté.

Estefi no dijo nada, sino que introdujo el nombre: «Lau»

—Me lo tenía que haber imaginado —murmuró Rabanito.

A mí, la idea no me pareció tan mal. Tal vez el joven colega del comisario Stecker había estado involucrado en el pasado en casos espectaculares, y posiblemente nos llevara hacia el delincuente que había querido vengarse de él.

Intrigado contemplé la pantalla, pero desgraciadamente el resultado fue tan pobre como los que habíamos obtenido en la investigación de Rizos de Plata.

—Sólo un único artículo —dije yo—. Y no tiene nada que ver con ningún crimen.

—*Rolf Lau, celebrado como el mejor de su promoción en la Academia Básica de Policía* —leyó Rabanito en voz alta.

—Fue el mejor —dijo Estefi en voz baja.

—Mirad, incluye una foto —exclamó Rabanito.

De repente Fede se levantó de un brinco y señaló con el brazo extendido a la pantalla.

—¡Eh, tíos, eh! ¡Mirad quién está al lado del señor Lau!

Estefi, Rabanito y yo pegamos casi a la vez nuestras narices a la pantalla. Y entonces la reconocimos: ¡la señora Brisa!

Titular 10: ¿Lleva la bella profesora una doble vida?

Rabanito se acercó un poco más a la pantalla.

—¿Seguro que es ella?

—Claro que lo es —bufó Estefi—. ¡Justo a su lado! ¡Y cómo sonríen los dos a la cámara! ¡Es patético!

Los celos de Estefi no eran lo que me preocupaba en ese momento. Otro pensamiento me preocupaba mucho más:

—¡Se conocen!

—No lo entiendo —dijo Rabanito—. ¿Os acordáis de la clase de natación con «el guapo de Gerardo»?

—¿Y quién no? —contesté yo.

—Cuando volvimos de la piscina cubierta, nos encontramos con el señor Stecker y con ese Lau, ¿verdad? Entonces «el guapo de Gerardo» les presentó a la señora Brisa y ¡el señor Lau no dijo nada de nada!

—Sí, y la señora Brisa también hizo como si no se conocieran —añadió Estefi.

—¡Eh, tíos, eh! A lo mejor sólo han salido juntos en la foto por casualidad.

—¡Casualidad! —exclamó Estefi riendo con amargura—. Mira qué feliz sonríe a la cámara. ¡Será tonta!

—No sabía yo que la señora Brisa te caía tan mal —dijo Rabanito.

Estefi se apoyó en el respaldo de su silla y se cruzó de brazos.

—¡Bah! ¡Qué me importa a mí ésa!

—¡Pues eso sí que no! Porque a mí sí que me importa, y mucho. ¡Aquí hay gato encerradol! A lo mejor son una pareja de enamorados o algo así. ¡Tenemos que llegar al fondo de este asunto, pero hoy no! Ya hablaremos mañana. Como no coma algo pronto, me voy a caer redondo al suelo.

Cuando llegué a casa enseguida comprobé que mis padres no estaban y por lo tanto me habían dejado irremediablemente a cargo de Nicole.

Y ella no dejó escapar la oportunidad de aprovechar su soberanía:

—¡Antes de cenar tienes que recoger tu habitación!

Sabía que no tendría la más mínima oportunidad de acercarme a la nevera a menos de tres pasos, si no la obedecía antes.

Así que ordené un poco mi habitación, que en realidad ya estaba bastante ordenada, al menos según mi sentido del orden. Cuando terminé, Nicole, bondadosamente, me permitió cenar. A continuación repasé mi artículo periodístico sobre las hermanas mayores. Ahora iba a titularse: *¿Estaba la bruja de Hansel y Gretel inspirada en alguien?*, o *¿Tenían los hermanos Grimm una hermana mayor?*

Al final, me tumbé sobre la cama aunque sin poder dormir. Los acontecimientos del día me habían excitado demasiado. Para mis adentros hice un resumen: la pista de Rizos de Plata había sido un fracaso. Seguía teniendo la sospecha de que el señor Stecker y el señor Lau nos habían conducido a propósito a una pista falsa. Pero eso a fin de cuentas era insignificante. Mucho más interesante era el hecho de que por lo visto existía una conexión entre el señor Lau y nuestra profesora sustituta. ¿Sólo se conocían o eran una pareja de enamorados, tal como sospechaba Estefi? Pero a lo mejor también tenía razón Fede y ellos únicamente habían sido fotografiados juntos por casualidad. Teníamos que averiguarlo. ¿Pero cómo?

Había sido gracias a mi método interrogatorio de choque con ese escurridizo comerciante de coches Karowski que se nos había ocurrido dedicarnos un poco más a fondo al señor Lau. Y la verdad es que me sentía orgulloso por ello. La cuestión es que además parecía el camino adecuado para llegar a la meta. Así que, ¿por qué no contrastar sin florituras con la señora Brisa o con el señor Lau nuestro descubrimiento? ¡Que dijeran ellos mismos lo que hacían los dos juntos en aquella foto! Pero ¿por quién empezar?

Bueno, ya me había ofrecido a ayudar a la señora Brisa con el caso del poeta anónimo y ella me había rechazado rotundamente. Y por lo demás, nuestra profesora sustituta también era más bien inaccesible. Sin embargo el señor Lau y yo éramos algo así como colegas, a pesar de que ni al comisario Stecker ni a él les gustara reconocerlo. En cualquier caso, una conversación con el señor Lau tenía más probabilidades de éxito que hablar con la señora Brisa en el colegio. Sin falta, al día siguiente después de clase llevaría a cabo mi plan. Satisfecho conmigo mismo, me dormí.

—¡Eso ya puedes ir olvidándolo! —me increpó Estefi después de que a la mañana siguiente le explicara a ella, Rabanito y Fede mi plan.

—Quiero confrontarlo con los hechos —lo intenté de nuevo.

—¡Tonterías! —exclamó Estefi—. Yo ya he pensado en algo bien distinto.

—¿Tú? —preguntó Rabanito—. Y cómo es que yo no sé nada de eso.

—Pues porque no tienes que saberlo todo, hermanito —contestó Estefi y se marchó, sin decir ni una palabra más, directamente hacia el edificio escolar.

Y eso que aún no había sonado el timbre para regresar a clase.

La alcanzamos al llegar a la puerta de la secretaría. Ella llamó a la puerta y entró. Rabanito, Fede y yo la seguimos.

La señora Knart, la secretaria de nuestro colegio, elevó su puntiaguda nariz y nos apuntó con sus ojos de botón. A los alumnos, cuando entrábamos en su despacho, nos trataba como si hubiéramos planeado un asalto a los profesores.

—¿Qué queréis? —nos preguntó con su habitual y antipática manera de ser.

—La señora Brisa —dijo Estefi.

—¿Qué pasa con ella?

—Tenemos que hablar con ella.

—¿Antes de clase? ¿Es importante?

—Sí. Le puede decir que se trata del coche robado del señor Lau.

¡Yo creí no haber oído muy bien! Aunque también había pensado en utilizar una forma directa para interrogar, lo que estaba haciendo Estefi sobrepasaba incluso mis intenciones.

—Está bien —dijo la señora Knart con el ceño fruncido—. Pero más os vale que sea importante.

Se levantó y desapareció tras la puerta que unía la secretaría con la sala de profesores.

Instantáneamente Rabanito, Fede y yo comenzamos a sermonear a Estefi.

—¿Te has vuelto loca? —exclamó Rabanito.

—¡Eh, tía, eh! ¡No puedes hacer eso! —exclamó Fede.

—¿Crees que ésta es la forma más adecuada de proceder? —le pregunté.

Estefi levantó las manos.

—¡Calma, chicos! Que yo ya sé lo que me hago.

Yo no habría puesto la mano en el fuego por ello, pero de todas formas ya era demasiado tarde. La señora Brisa apareció en la puerta de la secretaría seguida por la señora Knart. Y aunque ésta se volvió a sentar en su sitio, yo estaba seguro de que ella iba a escuchar todas y cada una de las palabras que allí se dijeran para después emplearlas contra nosotros a la primera de cambio.

—Bueno, ¿qué pasa? —preguntó la señora Brisa.

Estefi se vistió con una sonrisa de alumna sumisa.

—Señora Brisa, por favor disculpe que la molestemos justo antes de comenzar las clases. Seguro que tiene usted muchas cosas que hacer.

—Pues sí, en efecto, así es —contestó la profesora con frialdad—, así que id al grano.

La sonrisa de Estefi se volvió todavía más sumisa si cabe.

—Se trata del coche del señor Lau. Seguramente habrá oído usted que se lo han robado.

Al oír el nombre de «Lau», la señora Brisa se alarmó. No se me escapó ese detalle, pero ella enseguida volvió a recuperar la compostura.

—¿Y? ¿Qué tiene que ver eso conmigo?

—Bueno, pensamos que como usted lo conoce, tal vez, puede darle el recado de…

—¿De dónde habéis sacado que yo conozco al señor Lau? —preguntó la señora Brisa demasiado alto, para mi gusto.

—Por la foto.

—¿Qué foto?

—Pues la del periódico —contestó Estefi con cara de no haber roto un plato en su vida—. Estuvimos buscando información en la hemeroteca del periódico para un trabajo escolar y nos encontramos con una foto de usted con el señor Lau.

La señora Brisa palideció.

—Eso... Me habéis debido de confundir con otra. Yo no conozco al señor Lau. Y si de verdad habéis visto una foto mía con el señor Lau, pues debe de ser pura casualidad. En cualquier caso, yo no lo recuerdo.

Creí que había llegado la hora de apoyar a mi colaboradora.

—Pues en la foto no parece en absoluto que sea una casualidad.

—¿Cómo dices?

—Digo que como usted niega...

—¿Niego? —gritó la señora Brisa tan alto que del susto se me cayó mi cuaderno de notas—. ¿Qué es esto? ¿Un interrogatorio, o qué?

—Bueno, en cierto modo...

—¡Fuera! ¡Ahora mismo!

La puerta se abrió bruscamente y «el guapo de Gerardo» asomó la cabeza. La verdad es que era una de las escasas ocasiones en las que me alegraba de ver a nuestro profesor de Matemáticas.

—Vaya, eso no suena nada bien —siseó—. Desde luego no como una brisa de verano, sino más bien como una tormenta de otoño. Por cierto, todavía tiene usted mi bañador. Ya sabe, el que...

La señora Brisa se giró al instante y se quedó mirándolo fijamente.

—¿Qué es lo que acaba de decir?

—¿Cómo? No entiendo... Eh..., el bañador.

—No estoy hablando de su bañador, sino de la expresión «brisa de verano». ¿No acaba usted de decir «brisa de verano»?

En cuestión de décimas de segundo la cara del «guapo de Gerardo» se puso del color de un semáforo en rojo.

—¿Cómo? ...Eh... Sí, es posible. ¿Y?

La señora Brisa se infló.

—Me gustaría hablar con usted a solas, señor Brinkmann —pero luego se volvió a girar nuevamente

hacia nosotros—. ¡Y vosotros, dejadme en paz con esas tonterías!

La puerta se cerró y la señora Brisa y «el guapo de Gerardo» desaparecieron tras ella. Desgraciadamente, la señora Knart, no. Sus ojos de botón eran negros como el azabache.

—Me quedaré con vuestras caras. ¡Podéis apostar por ello!

¡Me lo estaba temiendo!

—¡Charly, eres un completo idiota! —me gritó Estefi echándome la bronca en el pasillo.

Aquella mañana, mi sino parecía ser el de que todo el mundo me gritara.

—¿Qué pasa? ¿Qué he hecho mal ahora?

—¡Lo niega! ¡Interrogatorio! ¡Cómo se te ocurre hablarle así a una profesora! ¡A los profes hay que camelarlos! ¡Y de la forma más pastelosa!

—¡Eh, tía, eh! ¡Pero no con esa estirada!

—¡Especialmente con ella! ¡A ver si te crees que a mí me hace gracia! ¡Casi me da un tirón en la cara de tanto sonreírle!

—Ella conoce al señor Lau —dijo Rabanito—. Estoy seguro. ¿Habéis visto cómo se ha encogido al oír su nombre?

—La pregunta es si eso nos va a ayudar a avanzar —opinó Fede.

De repente Estefi se echó a reír.

—¡Pero una cosa sí que hemos conseguido! Hemos conseguido que «el guapo de Gerardo» confiese el asunto del poema. ¡Brisa de verano!

—¡Eh, tíos, eh! ¡Al «guapo de Gerardo» sí que lo creo capaz de eso!

—Es cierto —dije yo—. Sobre todo después de

tanto coqueteo y del espectáculo que dio durante la clase de natación.

Estefi sonrió con malicia.

—Campeonatos de ganchillo y poemas de amor, ¡qué apropiado!

—Oh, oh —suspiró Rabanito—. No me gustaría estar ahora en la piel del «guapo de Gerardo». Seguro que a estas alturas ya está suplicando clemencia.

Cuanto más duraba nuestro día escolar, más pensativo me volvía. ¿Me habría abandonado mi sexto sentido detectivesco? Durante este caso, mis colaboradores, pero sobre todo Estefi, habían conseguido apuntarse muchos más tantos que yo. No es que estuviera celoso o envidioso, porque al fin y al cabo éramos un equipo, aunque por otra parte temía haberme oxidado un poco. Tal vez, debía llevar a cabo la próxima operación en solitario, para demostrarme a mí mismo que seguía siendo el de siempre.

Para mal de males, durante el segundo recreo, también tuve problemas con mi Redactor Jefe.

—¡Eh, Charly! —vociferó una vez más por todo el patio de recreo.

Yo me fui hacia él e intenté mantener el tipo.

—Eh, Winni. ¿Te has atrevido a salir de tu madriguera?

—Pues sí. Y precisamente por ti, el superreportero.

—¿Ah, sí? ¿Y eso?

—¿Acaso no te lo imaginas? ¿No llevas todo el tiempo ese estúpido aparato de fotos colgado al cuello?

—Sí. ¿Y?

—Yo sólo digo: ¡policía!

—¿Te refieres al caso?

—¡No, me refiero a tu artículo sobre el responsable de asuntos juveniles de la policía! Para el que reservé una columna en la próxima edición de la revista escolar. ¿Podrías explicarme por qué me has estado dando la brasa todo el tiempo para que te dejara escribir el artículo si al final no vas a escribirlo?

—¡Mierda! ¡Me olvidé!

—¡Charly, mañana! Mañana lo quiero listo o te

enterarás de por qué todos me llaman Winni el león, ¿está claro?

—Clarísimo, Winni —le aseguré, aunque no tenía ni idea de si iba a poder mantener esa promesa.

Ser detective y reportero a la vez puede llegar a ser bastante estresante. Pero se pusiera Winni el león como se pusiera, primero tenía que ocuparme del coche del señor Lau. Ya escribiría el artículo más tarde. Si no había más remedio no dormiría en toda la noche.

—Yo de ti, no me metería con Winni. Ése no entiende de bromas —dijo Estefi, cuando mi Redactor Jefe hubo desaparecido de nuevo en su agujero del sótano—. ¿Quieres que te ayude con el artículo? A mí no me importaría.

—No, no —contesté enseguida—. Te lo agradezco, pero de verdad que no es necesario.

Al menos, eso quería conseguirlo yo solo.

—¿Seguirá la señora Brisa furiosa con nosotros? —preguntó Rabanito de repente—. Como tenemos clase de Biología con ella más tarde…

—No creo —contestó Estefi—. Seguramente se alegrará de que no le volvamos a hablar del señor Lau.

—Aun así preferiría que ya hubiéramos tenido la clase de Biología.

—Pues yo más bien siento curiosidad por ver si conseguimos averiguar algo más —dije yo.

—¡Eh, tío, eh! ¡Pero ni se te ocurra preguntarle nada más!

Cuando llegó la hora de la clase de la señora Brisa la estuvimos esperando en vano. En su lugar apareció nuestro tutor.

—Podéis iros a casa —nos comunicó con pocas palabras—. ¡La señora Brisa no vendrá, está enferma!

Titular 11: ¡Investigador solitario se hace cargo del asunto personalmente!

—¡Pero si la he visto antes por aquí! —exclamó alguien en medio del júbilo general.

—Antes estaba aquí pero ahora está enferma —fue la escueta pero precisa contestación.

A esas alturas conocíamos a nuestro tutor lo suficientemente bien como para saber que debíamos dejarlo ahí.

—¡Eh, tío, eh! —murmuró Fede—. ¿Tendrá algo que ver con nosotros?

—O con «el guapo de Gerardo» —dijo Estefi con una amplia sonrisa picarona.

—¡Y qué más da! —exclamó Rabanito—. ¡No tenemos Biología! ¡Eso es lo que importa!

Yo no participé en la alegría general, ni tampoco en la discusión de mis colaboradores. ¡De repente supe lo que tenía que hacer!

Delante del colegio me despedí de Estefi, Rabanito y Fede, e hice como si me fuera a ir a casa. Sin embargo hacía ya rato que había tomado otra decisión bien distinta.

De nuevo mis padres no iban a estar en casa, nos lo habían comentado a Nicole y a mí durante el desayuno. De modo que no me esperaban. Además, estando Nicole sola, siempre cabía la posibilidad de que se aprovechara de mí, obligándome a trabajar como un esclavo. Y no estaba dispuesto a hacerle ese favor.

Del colegio me encaminé directamente a la comisaría de policía. Seguía estando convencido del plan que había elaborado la noche anterior. Quería preguntarle al señor Lau acerca de su relación con la señora Brisa, pero de forma distinta a como lo había hecho Estefi por la mañana.

Como al señor Lau no lo había visitado nunca, a diferencia del comisario Stecker, necesité algún tiempo hasta que por fin di con la puerta de su despacho.

El silencioso «adelante», después de haber llamado a la puerta, me indicaba que el joven colega del señor Stecker estaba de servicio.

—¿Tú? ¿Qué quieres? ¿Otra entrevista? —suspiró con aire cansado en cuanto entré en su despacho.

—Bueno, si lo quiere llamar así... —dije, con segundas.

—¡Por favor, nada de acertijos! Tengo mucho trabajo.

Me senté en la silla de visitas que tenía frente a su escritorio.

—Se trata de su coche. Me refiero al que le fue robado del aparcamiento de profesores.

El señor Lau suspiró audiblemente.

—Únicamente tengo ese coche, mejor dicho, tenía ese coche. Como bien sabes te debo a ti que ahora vaya a pie a todas partes.

—Por eso estoy aquí. Quiero ayudarle a recuperarlo.

—¿Y cómo pretendes hacer eso? —preguntó visiblemente alterado.

Yo no me dejé influir por ello.

—Para eso precisaré en primer lugar que me dé usted alguna información.

El señor Lau se levantó.

—Ya es suficiente. No tengo ninguna intención de permitirte que me distraigas de mi trabajo.

—¡Pero si se trata de su trabajo! —exclamé yo—. ¡Y también de su coche!

—Mi coche no es asunto tuyo. ¡No lo es! ¿Entendido?

—¿Y qué hay de la señora Brisa? —se me escapó—. ¿Ella tampoco es asunto mío?

El señor Lau se acercó un poco más a mí.

—¿Cómo? ¿Qué es lo que has dicho?

Yo me eché hacia atrás. Ya que había llegado hasta allí, también podía dar el paso decisivo:

—¡Le hemos visto a usted con la señora Brisa! ¡En una foto del periódico! ¡Agarrados del brazo! ¡De la mano! ¡En cualquier caso, juntos! ¡Pero ella asegura que no le conoce a usted!

Los ojos del señor Lau se convirtieron en unas estrechas rendijas. Eso mismo también le ocurría a la señora Brisa cuando se ponía furiosa. A lo mejor incluso eran hermanos, de repente me vino esa idea a la cabeza.

—¡Basta! —me gritó el señor Lau—. ¡Fuera!

—Pero…

—¡Nada de peros! ¡Te largas y me dejas en paz con esas chorradas! Y sobre todo, ¡no vuelvas a meterte en mis asuntos! ¿Está claro?

Con cada palabra, el señor Lau se había ido acercando cada vez un poco más a mí y yo al mismo tiempo me había ido retirando hacia atrás, hasta que al final choqué con la pared.

Nuevamente se abrió la puerta de forma violenta y otra vez apareció un salvador: el comisario Stecker. Además, lo prefería mucho más que a nuestro profesor de Matemáticas.

—¿Señor Lau, a qué vienen esos gritos? —preguntó—. Ah, eres tú —dijo entonces al verme—. ¿Qué hay?

—Se trata del señor Lau y la señora Brisa, el coche, la foto del periódico, Karowski —contesté resumiendo los acontecimientos de forma telegráfica.

El señor Stecker miraba intermitentemente hacia mí y hacia su joven colega, y viceversa.

—No entiendo. ¿Qué pasa con el coche?... ¿Y con Karowski?

—¿Le conoce usted? Nosotros le hemos...

—No haga caso al chico —me interrumpió el señor Lau—. Lleva todo el rato hablando de tonterías.

—¡No son tonterías! —repliqué yo.

El señor Stecker volvió a mirarme de forma extraña, luego asintió.

—Seguro que ya le has dicho al señor Lau lo que querías. Así que puedes irte.

—No quiere usted que yo, rápidamente, le...

—No. Por favor, márchate.

Me di por vencido.

Pero antes de cerrar la puerta tras de mí, aún dije rápidamente:

—Pero puede usted contar conmigo cuando quiera.

Mientras recorría el pasillo de la comisaría de policía me preguntaba si habría conseguido mi objetivo. Una cosa estaba clara: el señor Lau había reaccionado aún más enérgico que nuestra profesora la señora Brisa. Y sólo cabía una explicación razonable: esos dos no aparecían juntos por casualidad en la foto. ¿Pero qué podía hacer yo con esa información?

Había salido ya a la calle, cuando de repente alguien me llamó a gritos:

—¡Oye, espera un momento!

¿Es que nadie podía llamarme de forma normal? Me giré y descubrí al señor Stecker. ¿Se habría dado cuenta por fin de la valía de mi colaboración?

—¿Qué puedo hacer por usted? —pregunté cuando estuvo ante mí.

—Nada.

—¿Y por eso me ha seguido?

—Sí, exactamente por eso. Quiero que no hagas nada. ¿Lo entiendes?

—No —contesté sin faltar a la verdad.

—Entonces permíteme que te lo explique: quiero que te mantengas al margen de este caso. No vuelvas a preguntar a nadie más, no vayas a ninguna otra parte, y sobre todo no te acerques a Karowski.

—¡Así que lo conoce! —exclamé.

—Sí, lo conozco muy bien, y por eso quiero que te mantengas alejado de él. Ese tío no se anda con tonterías.

Eso mismo me había dicho Estefi, pero refiriéndose a Winni.

—¿Entonces? Estoy esperando tu respuesta —el comisario Stecker se me quedó mirando.

—Está bien. Lo he entendido —dije enseguida. La verdad es que no conseguía imaginarme cómo ese esmirriado parlanchín de Karowski podía representar un peligro, pero tampoco quería poner en la cuerda floja las buenas relaciones con la policía.

—Espero poder confiar en ti —añadió el señor Stecker antes de marcharse.

—¿Pero usted me mantendrá al tanto, verdad? —grité tras él.

El señor Stecker murmuró algo que, desgraciadamente, no llegué a oír.

Algo indeciso, me quedé parado en medio de la calle, mirando cómo el comisario Stecker volvía a desaparecer en la comisaría. ¿Qué debía hacer entonces? Querían que me mantuviera al margen. ¡Precisamente ahora que la cosa se ponía emocionante! ¡Precisamente ahora que teníamos la oportunidad de resolver un caso realmente excitante! ¡Nosotros! Porque también estaban mis colaboradores. Comentar las cosas con ellos siempre me había ayudado. Así que me encaminé hacia el huerto.

No habíamos quedado en vernos allí, pero Estefi, Rabanito y sobre todo Fede iban allí casi todos los días para ver a Precioso y darle de comer. En eso nos turnábamos semanalmente. Aquella semana le tocaba a Fede, de modo que al menos él estaría allí. Además, aunque no le tocase, no solía aguantar mucho tiempo sin ver a su Precioso.

Pero esta vez para mi desgracia me había equivocado. Sólo encontré a Precioso, que estaba sentado delante de su caseta. A juzgar por su aspecto de satisfacción, Fede ya le debía de haber dado su comida.

—¡Maldición! —dije más para mí mismo, pero Precioso me contestó con un débil silbido.

—Olvídalo —le dije—. Tú ya has recibido tu ración. Te lo noto. ¿Por cierto, dónde está Fede? Si casi siempre pasa la mayor parte del tiempo contigo.

Me quedé esperando a que Precioso me contestara. Era evidente que los acontecimientos en la comisaría de policía me habían afectado más de lo que imaginaba.

Aunque no me gustara, estaba solo. Medité unos instantes sobre si debía llamar por teléfono a Rabanito y a Estefi o a Fede, pero finalmente deseché la idea. No quería que pensaran que estaba suplicando su ayuda. Mi autoestima ya había sufrido bastante últimamente.

Pero ¿qué hacer? Saqué mi cuaderno de notas y volví a repasar todo, punto por punto. Mientras tanto anduve de un lado a otro del huerto, hablando en voz baja para mis adentros. Así era como mejor pensaba.

—El señor Lau y la señora Brisa se conocen. Al menos así lo indican claramente los indicios. Los dos han reaccionado extremadamente nerviosos a la confrontación de los hechos. ¡Precioso! ¿Por qué corres todo el rato entre mis piernas? ¡Y deja ya de silbar! A ver, ¿por dónde iba? Ah, sí, los hechos. El señor Stecker me hace una advertencia de colegas: ¡que me mantenga alejado de Karowski! ¡Karowski! ¿Será él la clave para este caso? ¿Será él incluso el ladrón? He prometido mantenerme alejado, pero no he prometido cómo de lejos. Al fin y al cabo, si vigilo su negocio de compraventa de coches desde una distancia prudente, ¿qué puede pasar?

Me guardé el cuaderno de notas. ¡Eso es lo que haría! Pero antes quería informar a Estefi, Rabanito y a Fede de dónde estaba.

Saqué papel y lápiz y escribí una nota corta, luego la pegué a la caseta de Precioso. Seguro que

allí mis colaboradores la encontrarían. Mientras tanto, Precioso me observaba con atención.

—¿Ves ese papel? ¡Ni se te ocurra comértelo! —le advertí.

Decidido me puse en marcha. Tras unos pocos pasos escuché un sonido muy familiar detrás de mí.

—¡Precioso! ¿Qué haces tú aquí? ¿Por qué no te quedas en tu caseta? ¡Vigila el papel!

Nuestro perro se me quedó mirando, ladeó la cabeza y soltó un silbido a dos voces. A menudo me pregunto si esos silbidos tienen algún significado.

Seguí andando unos pasos y me giré. Precioso seguía pisándome los talones.

—Está bien. Vente si quieres. Quién sabe, a lo mejor incluso puedes serme de ayuda, para variar. ¡Y si no, procura al menos no hacer ninguna de tus trastadas!

Tras una minuciosa búsqueda, encontré un escondite desde el que observar el negocio de Karowski sin ser visto. Me tumbé boca abajo detrás de un arbusto, para espiar entre las ramas. Precioso se tumbó a mi lado. Entonces me di cuenta de que me alegraba de llevarlo conmigo. Seguramente no me sería de gran ayuda, pero al menos no estaba solo. Claro que a los pocos minutos se había quedado dormido.

—Valiente perro policía está hecho —dije en voz baja—. De servicio y va y se queda sobado.

Por otra parte no era de extrañar que estuviera cansado. Conmigo había tenido que hacer todo el camino andando. Me propuse hablar seriamente con Fede al respecto.

Así fue pasando el tiempo. De vez en cuando saqué alguna foto, pero por lo demás no ocurrió nada interesante. El negocio de Karowski estaba situado en una zona muy tranquila. A menudo lo único que llegaba a mis oídos eran los suaves ronquidos de Precioso. En algún momento apareció un posible comprador que les echó un vistazo a los coches. Karowski fue inmediatamente a atenderle. Al menos descubrí que, efectivamente, estaba en su oficina. Hice unas cuantas fotos más. Luego el posible comprador volvió a desaparecer. Me preguntaba si Karowski había llegado a vender alguna de esas tartanas, aparte de a la señora Sulte-Stratmann.

Mi paciencia y mi espalda estaban siendo sometidas a una dura prueba. Sentía ya cada uno de mis huesos y bajo mi jersey empezaban a anidar algunos extraños especímenes. Los párpados comenzaron a pesarme. Sólo esperaba no quedarme dormido yo también. ¡Conque ésta era la peligrosa

operación de la que me había advertido el comisario Stecker!

Pero entonces me espabilé de golpe. Al principio no me había fijado en el coche, pero cuando torció para entrar en el terreno de Karowski, un escalofrío me recorrió todo el cuerpo. ¡Ahí estaba! ¡El coche robado del policía Lau!

Titular 12: ¡Detective privado resuelve en una peligrosa operación el caso del coche robado del policía!

Levanté la cámara y tiré fotos a todo lo que se movía. En cuanto el coche del señor Lau hubo entrado en el terreno, llegó Karowski corriendo y abrió el portón del garaje situado en la parte trasera de la antigua gasolinera. El coche desapareció en él. Karowski se aseguró mirando en todas direcciones, luego él también entró en el interior y el portón del garaje volvió a cerrarse.

Todo había ocurrido tan deprisa que ni siquiera estaba seguro de que mi cámara hubiera captado lo sucedido. Mi corazón iba a cien por hora. ¿Había sido realmente el coche del se-

ñor Lau? Sí, de eso no cabía ninguna duda. Aunque únicamente había visto el coche una vez, cuando conocí al señor Lau en el aparcamiento de profesores del colegio, era la misma marca y también tenía el mismo color. ¡Eso no podía ser una casualidad! ¿Pero quién lo conducía? Con las prisas no había podido ver al conductor.

Por suerte, mis padres no habían escatimado en gastos y me habían regalado una cámara digital. Repasé las últimas fotos que había hecho. Tanto el coche como Karowski se reconocían perfectamente, pero para llegar a identificar al conductor me encontraba demasiado lejos.

Precioso debió de sentir mi nerviosismo, porque se había despertado. Aunque también podía ser que simplemente ya hubiera dormido suficiente. La presencia de nuestro fiel amigo me inspiró valor y comencé a hablarle como solía hacer Fede.

—¿Precioso, qué voy a hacer ahora? El coche robado acaba de entrar en el garaje. ¡Pero no he podido reconocer al conductor! ¡Si consiguiéramos averiguar quién es, resolveríamos el caso! ¡Nosotros solos! Pero el señor Stecker dijo... ¡Eh, Precioso! ¿Dónde vas?

¡Nuestro estúpido perro se había levantado de un brinco y huía por patas! ¡Me había dejado tirado! ¿Y ese bicho quería ser un perro policía?

Está bien. De nuevo volvía a estar solo. A esas alturas mi intervención ya había merecido la pena. Si informaba ahora al comisario Stecker, seguro que vendría enseguida y detendría a Karowski y al ladrón de coches. ¡Pero para eso primero tenía que encontrar un teléfono! Me propuse suplicarles más adelante a mis padres, aún más de lo que ya había hecho, para que me compraran un móvil.

Pero incluso en el caso de que encontrara un teléfono, pasaría un buen rato hasta que la policía llegara. Para entonces seguro que el ladrón ya habría vuelto a desaparecer, y el coche probablemente también. Sólo me quedaba una opción: tenía que acercarme a hurtadillas al garaje. Había descubierto algunas ventanas. Tal vez conseguía ver el interior y sacar la foto decisiva.

Manteniéndome agachado abandoné mi escondite, sin preocuparme ni de mis dolores de espalda, ni de que se me habían dormido las piernas, ni de los especímenes que caían por debajo de mi jersey. Estaba totalmente concentrado.

De ese modo alcancé el edificio sin ser visto. ¡Eso había estado chupado! Pero, luego, descubrí que las ventanas eran demasiado altas para mí. Ni siquiera poniéndome de puntillas conseguiría llegar a ellas. Busqué a mi alrededor algo a lo que poder subirme. Entonces, la puerta del garaje se volvió a abrir y el coche robado salió disparado. Sentado al volante iba un hombre al que no había visto nunca. Quise levantar la cámara cuando alguien me agarró por detrás.

—¡Ya te tengo! ¡Chico, cómo te atreves a andar por aquí husmeando!

Aterrado me giré y de inmediato me vi envuelto en la nube de perfume de Karowski. Me llevó a rastras y me empujó a través de la puerta abierta al interior del garaje. Tropecé y aterricé de rodillas en el suelo. Detrás de mí se bajó la puerta del garaje ruidosamente. ¡Estaba atrapado!

—¡Por Dios! ¿Qué está haciendo usted aquí?

Me levanté de un salto y miré la aterrada cara de nuestra profesora sustituta.

—¡Señora Brisa! —exclamé.

—Vaya, ¿los señores ya se conocen? —Karowski sonrió con maldad.

—¿Qué hace el chico aquí? —preguntó la señora Brisa—. ¡Es uno de mis alumnos!

—¡Qué interesante! Pero eso no es problema mío. Este gamberro la habría descubierto de todas formas, porque estaba husmeando alrededor del garaje.

—¿Es eso cierto? —me preguntó la señora Brisa.

—¡Ya vale de tonterías! —dijo el delincuente enfadado a mi profesora—. ¿Tiene los papeles?

La señora Brisa se lo quedó mirando con los ojos muy abiertos.

—Estaban en la guantera —dijo en voz baja.

Metió la mano en su bolso y sacó una pequeña carpeta de la cual colgaba el bañador del «guapo de Gerardo».

—¿Aún no se lo ha devuelto? —pregunté sin pensarlo.

—¡Lo que me faltaba! —gritó alterada y se tapó la cara con las manos.

Cuando volvió a bajarlas pude ver claramente cómo luchaba para contener las lágrimas. No era difícil adivinar que no era precisamente el bañador de nuestro profesor de Matemáticas lo que tanto la atormentaba.

—¿De verdad lo ha hecho usted? ¿Ha sido usted la que ha robado el coche del señor Lau?

De pronto la expresión facial de nuestra profesora cambió.

—¿Robado? —gritó furiosa y tiró el bañador en dirección a Karowski—. ¡Únicamente he cogido lo que me pertenece! ¡Ese bastardo!

—De modo que lo conoce.

La señora Brisa soltó una carcajada amarga.

—¿Conocerlo? ¡Estábamos prometidos! ¡Estábamos! ¡Cuando nos separamos me debía un montón de dinero! ¡Pero de eso el señorito se desentendió enseguida! ¡Desapareció y no volvió a dar señales de vida!

—¿Y por eso le robó usted el coche?

—Yo no quería —dijo entonces la señora Brisa en un tono mucho más bajo—. Pero cuando lo vi en el aparcamiento con las llaves puestas..., no pude evitarlo. ¡Yo sólo quería darle una lección! Pero luego no supe qué hacer con el coche.

—¡Sí, y por eso vino usted a verme! —dijo Karowski riéndose—. ¡Una decisión muy acertada!

—¡Pero si fue este chico el que me dio la idea de contactar con usted! —exclamó la señora Brisa—.

No sabía adónde llevar el coche y entonces me acordé de que él había mencionado su nombre.

A mí me subió un fogonazo de calor. ¡Lo recordaba! En efecto, yo había mencionado a ese risueño delincuente. ¡Ahora, encima, yo tenía parte de culpa en todo este embrollo!

—Yo me voy —dijo la señora Brisa de repente.

—¡Eh! ¿Y su dinero?

—¡Ya no lo quiero!

Abrió abruptamente una de las puertas laterales y salió corriendo. Yo quise correr tras ella, pero Karowski me agarró del brazo.

—¡No tan deprisa, enano! ¡Nosotros dos aún no hemos terminado!

¡Karowski no se anda con tonterías! Ésas habían sido las palabras del señor Stecker. Ahora volvían a resonar en mis oídos. Al mirar en la cara de ese delincuente, no me cabía duda de que era cierto. ¿Por qué no había hecho caso al comisario? ¿Por qué había venido solo, en vez de esperar a Estefi, Rabanito y Fede?

—¡Pero quiero irme! —grité en mi desesperación.

—Y podrás hacerlo —contestó Karowski en voz baja—. Si me das tu cámara.

—¡Si es mi regalo de cumpleaños!

—Me da igual. No haber metido tu linda naricita donde no la llaman. ¡Y ahora dame la cámara! ¡No me entusiasma la idea de que esas fotos puedan acabar en manos de la policía!

—Pero si no he fotografiado nada —dije yo a pesar de que estaba seguro de que no me creería.

Como así fue. Se acercó tanto a mí que casi me desmayo del pestazo a perfume.

—¡La cámara! De lo contrario...

En ese momento se escuchó un griterío. ¡No, eran los gruñidos de un perro! ¡Y a juzgar por el gruñido debía de tratarse de un perro enorme! Del susto casi vuelvo a caerme de rodillas.

Karowski dio un paso atrás y miró nervioso a su alrededor.

—¿Qué es eso? ¡Maldición! ¿Qué es eso?

¡Eso! ¿Qué era eso? ¡Entre los gruñidos escuché de repente un silbido prolongado! ¡No podía ser cierto! ¿Sería posible que nuestro pequeño Precioso fuera capaz de reproducir semejantes sonidos? ¡Me daba igual, porque era mi única salvación!

—¡Ése es mi perro! —grité—. ¡Y me obedece siempre! ¡Si usted no me deja marchar, no podré detenerlo!

Karowski reculó un paso más.

Precisamente era lo que estaba esperando. De un salto me planté ante la puerta lateral y la abrí corriendo.

—¡Precioso! ¡Ven!

Como un rayo silbante apareció entre mis piernas. A pesar de ello pude ver que había salido del interior de un tubo metálico que estaba en el suelo. Aquello debió de amplificar sus gruñidos en el vacío garaje. Por eso había sonado tan terrorífico. ¿Lo habría hecho a propósito?

No tuve tiempo de pararme a pensar en ello, porque entre tanto Karowski también se había dado cuenta de quién había gruñido y silbado.

—Malditos... —gritó e intentó saltar sobre mí, pero esta vez yo fui más rápido.

Salí corriendo, cerré la puerta tras de mí de un portazo y nuevamente alguien me agarró.

—¡Comisario Stecker!

No me dio tiempo a decir nada más, porque Karowski salió corriendo del garaje y fue recibido de inmediato por dos policías de uniforme.

—¡Tiene el coche robado! ¡El coche del señor Lau! —dije gritando y señalando al garaje.

Debo reconocer que estaba muy alterado.

Sin embargo Karowski se había recuperado inmediatamente.

—No sé de qué está hablando este gamberro. Comisario Stecker, compruébelo usted mismo, el garaje está completamente vacío. Aquí dentro no hay ningún coche.

Yo sostuve la cámara en alto.

—¡Pero aquí sí que se puede ver un coche!

—Maldito... —Karowski no pudo decir nada más, uno de los policías lo había metido en un coche patrulla.

—¿De verdad que lo has fotografiado? —me preguntó el comisario.

Le mostré las fotos en la pequeña pantalla y le entregué la cámara.

—Seguramente la necesitará.

—¡Caramba! ¡Bien hecho! ¿Oye, y yo no te había dicho que te mantuvieras al margen? —preguntó el comisario cogiendo la cámara.

Pero, por suerte, lo dijo sonriéndome.

—La señora Brisa —dije yo—, ella fue quien robó el coche.

—Ya lo sé.

—¿Cómo?

—Durante los últimos días, mi joven colega se ha comportado de forma muy extraña y después de que tú fueras a verle y él se desquiciara de esa manera, le puse contra las cuerdas. Entonces me contó la historia entre la señora Brisa y él.

—¿Y ahora qué?, ¿va usted a detener a la señora Brisa? —le pregunté.

—Eso no será necesario. Ella vino a nosotros de forma voluntaria. Un colega me lo ha contado por radio hace un rato.

—¿Y qué va a pasar ahora con ella?

—Las circunstancias del robo y el hecho de que ella se entregara, probablemente, la ayudarán. Pero

no va a poder librarse de un pequeño castigo. Lo que es seguro es que como profesora va a quedar fuera de juego por algún tiempo.

—¿Y qué va a pasar con el señor Lau? —escuché de repente tras de mí la voz de Estefi.

Me giré abruptamente.

—¡Rabanito! ¡Estefi! ¡No os había visto!

—Sí, ya nos hemos dado cuenta —dijo Estefi sonriendo como siempre—. Parece que estabas ocupado con otras cosas.

—¿Por qué no nos has esperado? —preguntó Rabanito.

—No estabais en el huerto —contesté.

No se me ocurrió nada mejor.

—Cuando vimos tu nota, vinimos enseguida, justo cuando Karowski te empujaba al interior del garaje —dijo Estefi.

—Y entonces llamamos a la policía —añadió Rabanito.

—¿Así que habéis sido vosotros los que le habéis contado al comisario Stecker que yo estaba con Karowski? —les pregunté.

—Sí, eso hicieron —contestó el comisario Stecker—. Y en eso fueron más listos que su jefe.

—¿Y entonces qué va a pasar con el señor Lau? —volvió a preguntar Estefi.

—En cuanto me confesó todo, pidió su traslado —contestó el comisario Stecker.

En la cara de Estefi se reflejaba una gran decepción.

—Ahora seguro que usted nos tendrá que tomar declaración, ¿verdad? —dije yo—. ¡Como somos testigos!

El comisario Stecker movió la cabeza negativamente.

—Eso ya lo haremos más tarde. Primero recupérate del susto. ¡Y la próxima vez, haz caso de lo que yo te diga!

—¿La próxima vez? —exclamé yo—. ¿Quiere eso decir que a partir de ahora vamos a trabajar juntos?

—¿Cómo? Eh... Bueno... Ya veremos —murmuró el comisario, se subió rápidamente a su coche y se marchó.

De camino hacia el huerto, les conté a Rabanito y Estefi toda la historia.

Rabanito movió la cabeza.

—Precioso. ¡Hay que ver! Ése siempre tiene una sorpresa a mano.

—Fede se alegrará de saber que su perro ha vuelto a ser el héroe —dijo Estefi—. Precioso, como premio recibirás una porción extra de tu comida favorita —le dijo entonces a nuestro perro, que paseaba a nuestro lado con aires de grandeza como si fuera consciente de su hazaña.

—¿Su comida favorita? —preguntó Rabanito—. ¿Y cuál es?

—Qué más da —contesté yo—. Precisamente ésa es la ventaja con nuestro Precioso.

—Fede se tirará de los pelos por no haber estado con nosotros —opinó Rabanito.

—Por cierto, ¿por dónde anda? —pregunté yo—. Antes tampoco estaba con Precioso. Eso no es propio de él.

—A lo mejor ha ido otra vez a visitar a la señora Sulte-Stratmann al hospital. A estas alturas seguro que ya está de vuelta en el huerto y está esperando ansiosamente a su pequeño amigo —dijo Estefi.

Estefi tenía toda la razón. No habíamos llegado aún al huerto, cuando vimos que Fede corría a nuestro encuentro.

—¡Eh, tíos, eh! ¡Ya era hora de que aparecierais!

—¿Fede, qué ocurre? —le preguntó Estefi—. Si te has quedado completamente sin aliento, y ¿por qué miras de esa forma tan extraña?

—¡Imagínate! —exclamó Rabanito—. Charly ha resuelto el caso y Precioso le ha...

—¡Sí, sí, genial! —jadeó Fede—. Pero eso ahora no importa. ¡Porque el bebé está pariendo! Quiero decir, la señora Sulte-Bebé está en el paritorio y va a tener un Stratmann. ¡Eh, tíos, eh! Quiero decir que viene el Sulte-Stratmann y la señora Bebé está en…

—Está bien, Fede —le interrumpió Estefi—. ¡Está claro! ¿Cómo lo sabes?

—¡Eh, tía, eh! ¡He parido…, llamado al hospital! ¡Tenemos que ir! ¡Ahora mismo!

—¿Al hospital? —pregunté yo.

—¿Adónde si no?

—¿Y crees que estará de acuerdo?

—¿El bebé? —dijo gesticulando exageradamente.

—Creo que será mejor que vayamos —suspiró Estefi—, porque de lo contrario Fede se nos va a volver completamente loco.

No sé cómo conseguimos guiar a Fede, que no dejó de decir incoherencias durante todo el camino hasta el hospital. Pero, finalmente, nos encontrábamos ante la habitación de la señora Sulte-Stratmann.

—¿Creéis que nos dejarán entrar? —preguntó Estefi en voz baja.

—¿Venís a ver a la señora Sulte-Stratmann? —preguntó una enfermera que salía de la habitación de al lado—. Ella aún necesita un poco de descanso. Volved mejor mañana.

—¡Eh, tía, eh! —jadeó Fede—. ¿Ha nacido ya el bebé?

—Sí. Hace dos horas.

—¿Y? —preguntó Estefi.

—Una niña. Todo ha ido bien. La madre y la niña están en perfecto estado.

Las rodillas de Fede se doblaron. Rabanito y yo lo sostuvimos y le llevamos a la salida, donde lo acomodamos en un banco. Precioso enseguida se subió a su regazo y comenzó a lamerle.

—Enhorabuena —dijo Rabanito—, por el Sulte-Bebé.

—¡Eh, tío, eh! ¡Gracias!

De repente Estefi sostenía un papel en la mano y me lo entregó.

—¿Qué es? —pregunté.

—El artículo sobre el responsable de asuntos juveniles. ¿O prefieres tirarte toda la noche escribiéndolo?

Le cogí el papel de la mano.

—Gracias.

Estefi, Rabanito y Fede pertenecían a Charly & Company, pero también eran mis amigos. Y eso era mucho más importante.

Colección Cuatro amigos y medio

1. El caso de la profesora desaparecida
2. El caso de Papá Noel
3. El caso de los enanos al acecho
4. El caso del cocodrilo en Internet
5. El caso de la misteriosa «epidemia del profesor»
6. El caso del grito en la sala de profesores
7. El caso del misterio de los pepinos
8. El caso del director del colegio desenmascarado
9. El caso del robo de los diamantes
10. El caso de la fiesta de fin de curso
11. El caso de las flexiones con consecuencias
12. El caso del calcetín apestoso
13. El caso del bañador del profesor de Mates